知的な老い方

外山滋比古

大和書房

人生100年時代をどう生きるか――はじめに

あるとき、講演に呼ばれた。控室でお茶をすすっていると、主催側の人がいう。

「椅子をご用意いたしましたので、どうぞお掛けになってお話しくださいませ……」

私は、そのことばをさえぎるように

「椅子はいりません。腰をかけて話したことがないのです。立っていなくては力が入りませんので……」

といった。

「ですが、九十分という時間ですから、お疲れになりましょう。ご遠慮なく、どうぞ」

「ご親切にありがとうございます。ずっと立ってしゃべるのに馴れていますから、二時間くらいは平気です」

「おそれ入りました。先ほどから、お見うけしておりますと、お歩きになるお足どりがしっかりしていらっしゃいまして……」

「その年で、とお思いなのでしょうが、まだまだやれます」

「ご健康の秘訣をぜひおきかせいただきとうございます」

「いや、いや、話せば長くなります。いまはそのときにあらず、ということにしておきましょう。そろそろ、時間じゃありませんか」

＊

私は、当年とって、九十三歳。

若いときは体が弱くて、いつまで生きられるか、とまわりから思われていたらしい。喘息(ぜんそく)の持病もあって、たえず勤めを休んでいたので、ろくに仕事もできないまま、憂鬱(ゆううつ)な日々を送っていた。

それがいつとはなしに、丈夫になったというのではなく、病弱に馴れたのであろう。弱いなりに人なみに動きまわれるようになった。

小学校のときの同級生の会へ行ったら、三分の一以上が亡くなっているのにおどろいた。中学校の旧クラス会でも、たたいても死なないような強健そのものだったのが、早死にしている。

こちらは、とくべつな健康法があるわけではないが、だんだん元気になってきたような気がする。まわりも、そうだという。年とともに若くなってきたなどとお世辞をいうものがいる。

体だけでなく、精神的にも強くなったように思われる。悲観的だったのが、いまは能天気の楽天家である。

なによりも、毎日が楽しい。

若いころ、そしていくらか年を取ってからも、老後は、淋しく、暗く、楽しみのない生活であろうと想像していた。

いざ年をとってみて、生きることはこんなにもおもしろいものかと思うようになった。老いもまたよし。もっと早く老いればよかったと思うことさえある。

といって、手をこまねいて、老いのなすままになってきたわけではない。しのび寄る老齢に、かなわぬまでも、立ち向かい、その矛先（ほこさき）をかわすことはできるという信念をいろいろな人から学び、自らも工夫した。

これまでは、短命社会であったから、老年問題に心わずらわすまえに亡くなった。認知症になる年齢まで生きていなかった。

それに、面倒を見てくれる家族、こどももあった。老人は、のんきに、短い命を生き死んだ。どうすれば、老後はみじめなものにならないですむか。そんなことを考えるほど、長く生きていなかった。

高齢化社会といわれるいまの時代、年をとって生きがいをもちながら生きるのにはどうしたらよいのか。指針になることがあまりない。

いきいきと老いるには、楽しく老いるには、どうしたらよいのか。これはこれまでにはなかった問題であり、したがって、その答えはまだないのである。めいめいで、自分の老い方を工夫していかなくてはならない。そんな風に考えて、これまでいろいろ試行錯誤をかさねてきた。それが成功であったかどうかは、見る人によるけれども、すくなくとも本人が〝老いはたのし〟と思っているところを見ると、ひとまず合格点をつけてもよかろう。

老後は一日にして成らず。ただし、その実りはなかなか豊かである。

＊

いまは昔、戦争が始まる直前に、敵国語の英語を専攻する学生になった。これは、生涯を決する選択である。まっとうなものはそういう愚かなことはしない。

一緒に入学したクラスのものが、どんどんやめていって、卒業するときは入学のときの三分の一になっていた。そのうちに私が入っていたのである。就職がなければ、南洋の灯台守があるさ、などとうそぶいていた。

英語の教師になった私は、そのころの日本人がみんなあこがれていた外国へ行くことを、きっぱりあきらめた、というのではない、行ってやらないときめたのである。

英語の教師である。イギリスかアメリカへ行かなくてどうする。

そういう指摘は俗論だと一蹴して、「留学嫌い」という長文のエッセイを発表し、顰蹙（ひんしゅく）を買うことになった。

イギリスへ行かなくては英文学の勉強ができないというのなら、平安朝の作品を勉強する人はどうなる？　いくら文明の時代になったからといって、平安朝へ飛んでいって留学するというわけにはいくまい。

外国文学として学ぶのであれば〝外国〟にとどまっていなくてはいけない。イギリスへ行けばイギリス文学は外国文学でなく、国文学になってしまう。そういう理屈をこねた。

口先だけでなく、それを実行した。とうとう一度も外国の土をふまないで、外国文学の研究をした変わりものである。本人はむしろ、正統的だと自負している。

そのころ書いたエッセイに、「師の影」というのがある。先生と生徒は近づきすぎてはいけない。教師は権威をもって生徒に影響を与えるのだが、距離が小さいと、薫陶（くんとう）はおぼつかないという、逆説めいた論で、教育のデモクラシーを批判したものだ。発表当時、多少の反響があった。

先生と生徒の年齢差は、二十年から三十年。それより大きくても、小さくても、本当の教育はのぞまれないなどという問題発言も含まれている。

＊

このように私の前半生は英語教師として始まった。やがて、勤め先がおもしろくないことになったのをいい潮に、ほかの大学へ移った。

といって別に代わり映えするわけでもなく、おとなしく、ちょっぴり淋しく勤めあげて停年を迎える。

　幸い迎えてくれる大学があって、そこで数年、おもしろくない教師生活をつづけたが、あるとき感ずるところがあって、停年まで二年をのこして辞めた。そのころから、老後は余生にあらず、新しい人生、第二部である、二部は一部よりつまらないと限ったものではない。輝かしい第二部だってあるはずだ。そう考えるようになったのである。

知的な老い方◆目次

第2章 生きがいのつくりかた

第3章 知的な生活習慣

第4章 緊張感をもって生きる

第1章 スタイリッシュ・エイジング ——かっこよく年をとる

美しく生きる努力

中学の教師になって最初に担任したクラスのものが、還暦を迎え、停年で勤めをやめる、というので、祝う会をしてやろうと思い立った。

ご馳走するのが大好きだから、口実がつけば、いつでも、いくらでも人を招きたい。

還暦と停年というのは、またとない節目である。旧学生を招待して、さかんな会食をするというのは考えるだけでも楽しい。

案内を出したら、旧学生から、先生にご馳走になるのは筋が違う、自分たちで会をして先生をご招待する。その代りではないが、めいめいに色紙をいただきたい、といってよこした。

　さっそく返事をして、せっかく人がご馳走するというのに、それを受けないのは非礼ではないか。だまって、おとなしく、ご馳走になりなさい、と命令した。下手な字を書くのは恥ずかしいが、この際だから、こらえて、書いてもっていくということにした。祝いの会の当日、持参した色紙のことばは

　　浜までは海女も蓑着る時雨かな　　瓢水

というのである。書きつけないものだから何枚も書き損じをしたが、全員で十三名のクラスだから、大したことはない。

もらったものが、早速、質問する。

「瓢水って、どういう人ですか」

　そこで旧師は、はたとことばに窮した。瓢水についてはなにも知らないで、年来、句に感心していたのである。のんきで、一度も調べてみようと思わな

かったのである。昔の学生、いまは頭に白いものが目立つ初老の紳士から質問されて、旧教師、立往生といった醜態(しゅうたい)をさらしたのである。といっても、それほど恥ずかしいと思わないで、ニヤニヤしていた。

会から帰ったあと、さっそくみんながそれぞれに調べたらしい。このごろ、インターネットという文明の利器があって、ただ、俳号だけしかわからないのに、立ちどころにくわしい資料が出てくるという。あちらからも、こちらからも教える手紙が来る。それでやっと、瓢水という人がおぼろ気にわかった。

＊

なにもしらない俳人の句に感心したのはいかにもものんきな話だが、こんな偶然があった。

友人の哲学者が、関西のある小さな女子大学の学長をしていて、ある年、その大学の卒業式に私を招いた。カトリックの学校の卒業式はおごそかで、美しかった。

学長が訓辞をした。なかなか難しいことをいうのは、哲学者だから、しかたがないか、と思ってきいていると、ひょっこり、この

浜までは海女も蓑着る時雨かな

が出てきた。そのあとの訓辞は見ちがえるように鮮やかであった。

式後、控室で学長に、あの句の作者はなんというのか、とたずねると、瓢水という文字をテーブルの上に指で書いてみせた。それで満足して、あとは何もきかなかった。それから、たえずこの句を頭にうかべながら作者について、何ひとつ知ることはない、ということに一度も気づかなかった。

句の意味も勝手に想像した。

海女はいずれ海に入るのである。時雨が降っていても、どうせ、濡れるのだから構うことはないとしてもよいところだが、さすがにたしなみは忘れない

で、蓑を着ていく。その心を美しいと見た句であろう。

人間は、なにかというと、〝どうせ〟ということをいって、甘える。たしなみを失い、努力を怠る。みっともないことを平気でする。いやしいものである。しっかりした生き方をするものは、ぎりぎり最後の最後まで、わが身をいとい、美しく、明るく生きることにつとめる。

どうせ、年老いたのだから、年寄りだから、いまさら面倒なことはごめんこうむりたい。どうせ退職したのだから、これからは、悠々自適で余生をすごす、などという。その実は、なまけて、なり行きまかせに生きていこうというよくない心にふりまわされているのである。

停年、勤めをはなれるというのは、勤め人の危機である。これからなにをするかはっきりしていることはむしろまれである。この際、先のことは考えたくない。いまさら何をしてもはかない。どうせ、年金生活なのだから……。

そんな風に、かつての学生が思っているのだったら、それはいけない、といってやりたい。私は、瓢水の句を、旧学生の第二の人生のはなむけにしようとしたのである。これほど良いことばは、ないように思われた。

＊

瓢水は滝氏。通称を叶屋新之丞、のち新右衛門と称した。播磨の富商であった。千石船を七艘も有するほど栄えていたのを、瓢水の風流によって、産を失い、晩年はむしろ貧しかった。一六八四年生まれ、一七六二年没。享年七十九。

生涯、無欲、無私の人で、逸話に富んでいる。

そのひとつ。藩主酒井侯が姫路城に封ぜられて間もなくのとき、瓢水の評判をきいて、わざわざ、その住いへ駕を寄せた。あいにく主は留守であった。殿は長いこと待ったが、瓢水はとうとう帰って来ない。酒井侯は機嫌を損じて帰城したという。大名が来たからといって飛んで帰るなどということはできなかったのであろうか。

ある時、川の橋をわたっていて、足をふみ外し川に落ちた。たまたま、顔を知っている農民がとび込んで救い出してくれたはいいが、瓢水は、川の中で、ふところの餅をむしゃむしゃ食べていたという。

ある知り合いの画家が、瓢水の貧しさに同情し、自分の絵をやるから俳句の賛をして売れば、なにがしかのものにはなろう、といって、何枚かを渡した。ところが、どうもそうした気配がない。画家が、画はどうしたときくと、瓢水は、どこかへ置き忘れてしまったと答えたという。

「浜までは海女も蓑着る時雨かな」にまつわるエピソードはこうである。

瓢水の評判をきいた旅の僧が、瓢水を訪ねてきた。ところが、そのときも、あいにく留守だった。どこへ行かれたのかという旅僧の問いに、家人が、風邪をこじらせたので、薬を買いに行ったと答えた。

それをきいて、旅の僧は、「さすがの瓢水も、命が惜しくなられたか」ということばを残して立ち去った。

帰ってその話をきいて瓢水の作ったのが、この

浜までは海女も蓑着る時雨かな

であるといわれる。薬を買いに行ってなにがわるいか、年をとってはいるが、いよいよ、となるまでは、わが身をいたわりたい、病気はなおしたい、という含意である。

そうすると、この「浜」は、死ということにもなる。人間、死ぬまで、生きている限りはせいぜい身をいとい、よく生きることを心がけなくてはいけない。

どうせもうこの年だから、どうでもよいといった、投げやりな考え方、生き方はおもしろくない。せいぜいつとめて、わが身を正すようにしたいものだ。

＊

年をとると、人間が劣化することがすくなくない。いつごろからか、そう思うようになった。

若いときから中年までは、りっぱな人であったのに、年をとってくると、欲が深くなる、猜疑心はつよくなる。いうことなすこと、いちいちまわりを傷つける——そういうことが多くなる。人格も、体力によって支えられているのか。老いて体が弱ってくるにつれて、人格を支えていた力が崩れて、もっていたのであろう醜いものが外にあらわれてくる。そのことを自身では気がつかないだけに老醜はあわれである。

昔から、そうであったに違いない。人々はその堕落を怖れて、信仰に入った。出家はしないまでも、隠居して、まわりの人の迷惑にならないことを心がけた。

いまは、宗教に救いを求めるのは難しい。自分の力で、崩れていくものをとりおさえて、できれば新しい徳をつむようにはできないものだろうか。老いの入口にさしかかったとき、私はそんなことを考えた。

そういうときに、たまたま、「浜までは海女も蓑着る時雨かな」に出会った。啓示のように思われた。死ぬまでは、たとえわずかでも、前へ進めるだけは進もう。恥ずかしくないように、できれば、これまでより、いくらかでもましな人間になりたい。そうして、幸福な人生の中で生を終えたい。死はさけられないが、そこへ至るまではせいぜいいきいきと、美しく、明るく生きていきたい。

そう考えて、戦慄（せんりつ）のようなものの走るのを感じた。

老いに立ち向かう

年老いて、いかにして生きるべきか、それが問題である。

これまでは、年をとるまえに死んでしまっていることが多かったから、考える人もすくなかったのである。

年は自然にとっていく。いやでも、どうすることもできない。そう考えるのが一般である。

中年から老年へさしかかるころまでは、年をとるのは、おそろしいことのように思って、なるべく、考えないようにしていた。

あるとき、岸信介元首相の言葉とされる老人訓を伝えきいた。いわく

ころぶな
カゼひくな
義理を欠け

まことに、簡単、すこぶる明快である。さすが一代の偉才だけのことはある。私はすっかり感心して、しばらく、しきりにこれを口にした。きく人も、多く深く心にとめたようである。

若いうちは、ころぶことがあぶないなどとは夢にも思わない。いちいち足もとに気をとられているようでは、一人前ではないようにさえ思っている。

そして、年をとる。思いもかけないところで、すってんころりん、骨を折る。大腿骨の骨折ともなれば、大手術。リハビリをしたくても、動けなくなって、そのまま、寝たきりになるおそれもある。

大体、人間は二本足で立っているという曲芸のような不自然なことをしているのに、それを自然なことのように錯覚している。テーブルや椅子は二本脚では立っていられない。三本脚でも不安定だ。イヌやネコのように、四本脚でようやくしっかり立っていられる。イヌ、ネコは、ころぶというような曲芸とは無縁である。

禅のことばに「脚下照顧（きゃっかしょうこ）」というのがある。いまは、他に対して理屈をいう前に自分の足もとをよく見よ、の意で用いられている。しかしこれは比喩としてとらえたものであって、もとは文字通り、つまり、足もとによく気をつけよ、というのであったに違いない。足が弱るとよくころぶ、あぶない、注意ぶかく足をはこべ、という戒めだったのであろう。

階段の上り下りには、手すりに手をかけなくてはいけない。

毎朝、新聞を開くと、まず死亡記事を見る。それが気になったら年をとった証拠だといわれるが、実際、六十をすぎるまではとくに注意したこともなかった。

気をつけてみると、死亡記事はなかなかおもしろい。といっては差しさわりがあるかもしれないが、人間一生の終焉を伝える厳粛な文字は、泥棒や詐欺のニュースなどとは比べものにならないくらいの意味がある。

その死亡記事を見ていると、年間を通じて肺炎で亡くなる人が多い。老人にとって肺炎がいかにこわいものか、おのずからわかる。

岸三原則の、カゼひくな、というのは至言である。

ところが、すべての肺炎がカゼによっておこるものではないことを、たまたま知っておどろいた。

カゼによらない肺炎がある。誤嚥、誤飲による肺炎がたくさんあって、だから、夏の暑いときでも肺炎で死ぬ人が結構多い。

誤嚥とは、気管支に異物が入ること。これもまた、イヌ、ネコなどには、おこらない。人間専用である。動物に窒息死はない。直立歩行の人間は、もともと、誤嚥しないように、しつけを受けなくてはならなかったのである。それを怠ったために、多くの人が命を落とす。

三番目の義理を欠け、というのは、いかにも政治家らしい注意である。選挙という試練を受けなくてはならない政治家は、無理をしても冠婚葬祭には顔を出す。カゼをこじらせたくらいで欠礼したら、あとのタタリがおそろしい。無理を押して出かけることになる。義理を果たさないで大病になった人はすくない。

普通の人間は、それほど義理にしばられてはいない。それでも寒いときの通夜に行ってひいたカゼがもとで亡くなることはできる。避けられるなら、無理をしないにかぎる。

＊

長い間、この老人三原則を至言と思い、折りにふれて、思い出し、話題にしたりしていた。

そのうちに、すこし気が変わってきた。ころぶな、カゼひくな、義理を欠け。いずれも否定表現である。とにかく、するな、の一点張り。消極的だ。

老人なら、しかたがないのかもしれないが、人間らしく生きていきたいのなら、あれはいけない、これもいけない、などといっているだけでは、しかたがないではないか。そう思うようになった。

かりに、ころばず、カゼをひかず、義理を果たさなかったら、それで老人は幸福に生きられるのだろうか。否、である。

いくら、守ってみても、老いの攻勢を食いとめることは難しい。岸三原則は、専守防衛である。もっと、積極的でなくては、はじめから勝ち目はないだろう。そう考えて、美しく老いる方法を考えた。

いくら守ってみても、老化は防ぎ切れるものではない。攻撃は最大の防御、ということばもある。積極的に老いに立ち向かっていくことが、結局は、老惨を防ぐ最上の方法である。そう気がついて、私の老齢人生観は一変した。

スタイリッシュ・エイジング

アメリカで高齢者問題が関心をあつめるようになったのは、たしか、一九八〇年代の中ごろであった、と記憶する。

もともと若者の社会であるアメリカのこと。ひとしく、若さを保ちたい、永遠の青春を享受したいという志向がつよい。

女性の中には、女性ホルモン、エストロゲンを注射して、顔のシワをのばすことが流行する。

すこし知的な人たちは、人生改造を考える。

大学へ入りなおし、新しい専門で学位をとって学者になる女性、六十歳近くになってから、操縦訓練を受けてパイロットになった人、仲間とボランティア・グループをこしらえて、全国をかけめぐり、初等教育を支援する元教員、退職後、自分で会社を興し、りっぱな企業にした元サラリーマン、中年になって、登山をはじめて、世界の名峰をつぎつぎ登っているアルピニストなど。

マスコミがとりあげて、全国的な名士になるものもすくなくない。

退職者たちが、全米退職者協会をつくり、大統領選挙の前に、候補者に対して、われわれ高齢者に対して、いかなる施策をもっているかについて公開質問状を送り、候補者をあわてさせた組織活動もある。

ハンカチとパンツしか買ってくれない、といって、商売から相手にされなかった中高年が立ち上がった。われわれだって、買う金はあるのだ、と名乗りをあげる消費者運動もおこる。あわてたメーカー、企業側が、高齢者向けのコマーシャルを流し始めたりしたケースもある。

いかにも行動的である。積極的、前向きだ。「ころぶな、カゼひくな、義理を欠け」といった、消極的、ディフェンシブなところは、どこにも見られないのである。

リズ・カーペンター女史に注目したのは、そういう流れの中であった。経歴のくわしいことはよくわからない。ジョンソン大統領夫人の第一秘書であったということくらいしか知られていないが、彼女のいったスローガンははなはだ有名である。

人間はすべからく、カッコよく生きなければならない。スタイリッシュ・エイジングには、三つ心がけなければならないことがある、という。

いわく、招待を受けたら断るな
いわく、どんどん人を招いてご馳走せよ
いわく、なにがなんでも、恋をせよ

最後の一条は、いかにも突飛のようだが、カーペンター女史自身、身をもってこれを実践した、というから、納得しなくてはならない。ハーバード大学だかの学生であった相思相愛のボーイ・フレンドが、ずっと別の人生を歩んでいたのが、カーペンター女史の引退後再会、大恋愛のすえ、めでたく結婚したというのである。

会に誘われたら断らないで、どこへでも出掛けていく。ご馳走になるだろうから、お返しをする。それが「どんどん人にご馳走せよ」となるのである。そして新しい恋をせよである。

つまり、ひとりでいるな、ということであり、人と会ってたのしく食事をすることを忘れるな、であり、好きな人をもて、ということになる。

年をとると、とかく孤独になりがちである。

ことに男性にその傾向がつよい。一日中、うちでゴロゴロしている。何十年来の妻とは、もはや話すべきこともない。互いに、以心伝心、「あのー」といえば「わかってますよ」。口をきく機会はまれにしかない。

そんな夫に愛想つかした細君から、三くだり半ではないが、離婚をつきつけられる。いかにもあわれである。生きていく喜びなど、薬にしたくともありはしない。そうなれば、「ころぶな……」の教訓もすべて空しい。

もともと私はアメリカ、アメリカ人があまり好きではないから、アメリカかぶれをもっとも警戒してきた。たいていのことは、フンといって、見向きもしない。ところが、このカーペンター三則にはすっかり参った。新しい啓示のようにさえ思われた。

そのころ、教師時代に担任をしたクラスの会があった。

そして、席上、このカーペンター三則を贈った。一同、きょとん、として反応がない。

ただ、外交官として大使も務めた人だけが、英語ではどういうのか、と尋ねたにとどまる。まだ本当の年寄りになっていない、くちばしの黄色い諸君にはピンとこなかったのかもしれない。

自分ではカーペンター三則を和風に解釈して、さっそく、できることから実行することにした。

それまでは、たいていたいてい欠席としていた会合などの案内には、つとめて出るようにする。そして、行ってみると、思ったより楽しいことの方が多いのを発見する。

人にご馳走する、というのは、もっと積極的になった。

私のかつての恩師は、学生にもなにかというとご馳走した。受ける側にとって、それがどんなに、ありがたく、楽しいものであるか、よく知っている。ただ恩師は、六十歳になると、ぱったりと学生や若い者にご馳走することをやめてしまわれ、みんなに淋しい思いをさせた。

それと逆のことを私は考えたのである。理由がつけば、人を招いて、贅沢はできないまでも、ほどほどのご馳走をする。来たものはみんな機嫌がいい。話もはずむ。互いに明るい気持になる。

はじめは敬遠していた「恋をせよ」にしても、考えてみれば、大した難事でもないことがわかる。恋はなにも恋人がなければできないといったものではない。好きなものならなんでも対象になる。

そう考えれば、気が楽。

そして、小学校のときに覚えた、焼きものづくりを復活した。本業そっちのけで、夢中になった。たしかに、精神的な活力を高めることができる。とっくにやめてしまったが、いまも、ロクロをまわしているテレビの映像などを見たりすると、忘れていた心が、あやしくうごめくのを覚える。

晩学に取り組む

私は三十年来、ずっと二百字詰の原稿用紙を使ってきた。すこしずつ買う。なくなるとまた買う。いかにも、その日暮らしのようで、自分でもあわれと思うようになった。

私製の原稿用紙を作ろうと心にきめたのは、はじめの勤めを停年でやめる前である。いまさら、そんなぜいたくをしてどうするという気持ちをおさえて、特製原稿用紙をつくろうと思い立った。

いよいよつくることになって、何枚つくったものかで、迷った。

それほどたくさん原稿を書くわけでもないし、学校をやめれば、仕事はさらにすくなくなるにきまっている。

それかといって、千枚や二千枚では、注文するのが恥ずかしい。それかといって、多くすれば、紙の山をのこしてあの世へ行くことになる。なかなかきめかねる。それで、原稿用紙をつくること自体があやしくなってしまった。

そんなときに、木彫家として知られる平櫛田中（ひらぐしでんちゅう）の逸話をきいた。

このすぐれた彫刻家は、そのころすでに九十五歳か六歳であったが、新たに十年分の木材を購入したというのである。

なにしろ九十歳をこす老齢である。仕事をしようというだけでも目ざましいことだが、さらに、十年分の材料を調達するというのはおどろくべき意気込みである（これはあとのことになるが、平櫛田中は、それから十年以上生きて百七歳で亡くなった。十年分の材料は決してたんなる景気づけではなかった）。

私はこのエピソードにつよい感銘を覚えて、自分も、十年分の原稿用紙をつくろうときめ、三千枚の注文を出した。結果として十年たっても私は死ななかったから、その三千枚は多すぎではなかった。

それからずいぶんたって、また新しく原稿用紙をつくらなくてはならなくなった。はや九十三歳である。これから十年生きる保証はないし、可能性も小さい。そもそも、いまさら、原稿用紙を作るのがおかしいくらいである。そう思っていたが、ふたたび田中のひそみに倣（なら）うこととして、三千枚を注文した。ムダになるとは考えない。使い切ってみせると意気込んだ。

＊

昔の人は早死するのが多かったこともあって、年老いてからの勉強には同情がなく、六十の手習いとからかったり、晩学なり難し、とけなしたりした。老いては、せいぜい養老、静かにフィナーレを待つ隠居、余生の考えが支配的であった。

そういう観念にとらわれて、やればできることもしないでしまった人生がいかに多かったかしれない。

そういう古い時代にも、積極的な老年ということがまったく考えられなかったわけではないようである。

佐藤一斎は江戸時代の儒者であるが、いまでいう生涯学習ということを考えていた。年をとってからも学ばなくてはいけないと説いた。

少くして学べは、則ち壮にして為す有り
壮にして学べば、則ち老いて衰えず
老いて学べば、則ち死して朽ちず
（少而学、則壮而有為。壮而学、則老而不衰。老而学、則死而不朽）

——言志耋録

この佐藤一斎のことばを先どりするような巨人があらわれた。伊能忠敬、下総佐原（千葉）の人、佐藤一斎より二十七年の年長である。

伊能家へ養子として入った忠敬は、家業に専念し、繁栄させたが、五十歳のときに引退、家督を長子に譲ると、自らは江戸に出て高橋至時（よしとき）について、西洋暦法、測量技術を学んだ。のち、幕府の命をうけて蝦夷（えぞ）地をはじめ全国の沿岸測量にあたり、日本で最初の日本全図を完成した。

高齢化社会といわれ、生涯学習が注目されるようになったこともあり、伊能忠敬は新たな評価を受けている。

老後は、あとになってみれば、けっこう長い。それをあらかじめ、どうせ、老い先短いものとしてきめてしまって、努力することをあきらめてしまうのは、人生の浪費、もったいない限りである。自分に対しても不誠実だろう。

そのつもりになれば、老後は充分に長く、そしておもしろいものでありうる。

六十歳からが青春

日本で老化を怖れる風潮が広まったのは一九七〇年ごろからである。

それに火をつけたのが一篇の詩であった。

作者のサムエル・ウルマンについてはほとんどなにもわからないのに、その「青春」はたちまち、日本人の心をとらえた。ことに日ごろあまり読書などするひまのない実業界の人たちの間で福音のようにひろがり、なれない翻訳をした実業家まであらわれた。

年をとっても、心さえ若さを失わなければ、青春であるというのが、人生斜陽に立つ人たちに大きな希望を与えたのである。

「青春」ははじめの数行がとくに有名だ。

青春とは臆病さを退ける勇気、
安きにつく気持を振り捨てる冒険心を意味する。
ときには、二〇歳の青年よりも六〇歳の人に青春がある。
年を重ねただけでは人は老いない。
理想を失うとき初めて老いる。

（作山宗久訳）

私は英文学を勉強していて、アメリカ文学のことには不案内であるが、調べてみても、ウルマンなどという詩人はどこにもあらわれない。あとでわかったことだが、ウルマンは本来、詩人などではなかったのである。

ドイツ生まれ。アメリカへ移住して、事業に成功した実業家であった。日本で財界の人たちの目にとまったのもそんなところと関係するのだろう。

「青春」はもちろんウルマン唯一の詩集『八十歳の歳月の頂から』にふくまれているのだが、これは、ウルマン八十歳の誕生日を祝って家族や知友が編んで出した私家版であって、しばらくは一般の目にふれることはなかった。

そういうわけで、「青春」を文学作品、詩として扱うことはできないが、短い語録のようなものとしては価値がある。年をとっても、それだけでは老いない。心さえしっかりしていれば、気持さえ若々しければ、人生は青春である。

暦年で老いるのではなく、心がおとろえ、心の若さを失えば、それが老いである、というのは俗耳(ぞくじ)に入りやすい名言である。しかし、それだけではなにかもの足りない。

だいいち、若くさえあればいい、というものではない。老人が若ぶってみたりしては、かえっておかしい。老人は老人らしく、若々しくではなく、美しく、いきいきしていてこそりっぱである。

ウルマンは、老いてからの青春を謳歌して、こと足りるとしているが、年を逆にとってみたところで、それだけでは、たいして意味があるとは思われない。

いくら力んでみたところで、年老いた青春は、本当の青春には、やはりかなわない。青年にない円熟があってはじめて老年は貴(とうと)い。

ウルマンは老いを怖れて、青春に逆もどりすることを願っているが、青春はそれ自体、そんなにありがたいものではない。むしろ恥多き時期というべきかもしれない。そう考えて、ウルマンの詩に半分だけ感心する。

私は老年を肯定する。老いることを恥じない。より美しく老いることが、人間の英知であると考える。

＊

白いスーツに、白髪、白髭(ひげ)の老紳士の人形が立っている。ケンタッキーフライドチキン店頭の人形看板である。

彼は、カーネル・サンダースといい、ケンタッキーフライドチキンのチェインストアの創業者である。チェインは世界百二十の国と地域に及び、店舗数一万八千をこえるという、世界有数のファースト・フード企業として広く知られている。

大成功者サンダースの歩いた人生は決して平坦なものではなかった。幼くして父親を失った。努力して、いろいろな事業をするのだが、どうもうまくいかない。

六十歳に近くなって、なんとかやっていたレストランが、新しい国道のルートから外れて営業不振におちいり、この店を売らなくてはならなくなった。借金を払うと、持金のほとんどが消える。年金生活に入ったが、月々送られるのは一〇五ドルと知ってサンダースは愕然(がくぜん)とする。これでは生きていけない。

六十五歳になったサンダースに残されたものは、中古のフォード車と、フライドチキンの作り方だけであった。

サンダースは、すでに、白髪、白髭であったが、フライドチキンの売り込みに奔走(ほんそう)する。一〇〇〇軒のレストランをまわったこともあるという。

住みなれた町をあとにして、車の中で寝泊りしながらセールをつづける。そして、ついに成功を収め、アメリカン・ドリームのヒーローとなった。

「青春」のウルマンは、青春にあこがれ、老年にも、それに手が届くといっているが、サンダースは、ただひたすら、前進することで年を忘れる。実践的である。

ガムシャラに突っ走るのは老人のすることではないが、構わず、走りまわって、大業を成就させた。

もっとも大切なところは、六十五歳が決しておそすぎることはないという点である。新しい人生を始めるのに、サンダースにとっては、不利と思われたことが、プラスのはたらきをしている。

長生きはすばらしい。第二の人生を第一の人生以上のものにする時間がある。年をとった、といって、くじけてしまうのではなく、新しい挑戦への意志を堅持するのが鍵である。

これまで、われわれは、人生をせいぜい、一万メートル競走くらいに考えてきた。短命社会である。ところが、長生きが進んで、人生コースはマラソンなみに長くなった。

一万メートルのレースでは折返し点がないが、マラソンにはある。停年退職は、さしずめ人生マラソンの折返し点に当たる。ここでへばってしまったのでは人生、失敗である。

折返してからが、勝負のしどころで、それまでの順位などあっというまにひっくりかえすことがしばしばできる。見ているものにとってもマラソンのおもしろさはそこにあるといってよい。

カーネル・サンダースは、折返し点をまわってから、スパートしてレースをわがものにしたマラソン・ランナーに似ている。

六十五歳からが人生である——サンダースはそう考えているにちがいない。

(サンダースの伝記的事実などについては、藤本隆一『カーネル・サンダース』に負うところが多い。記して感謝する)

「お山の大将」になる

いまの高齢者が、おしなべてあまり幸福とはいえないのは、世の中に敬老の精神がなくなってしまったからだと思われる。

年寄りはまわりから大事にしてもらい、形式的であっても、立ててもらえば、おのずと活力がわいてくる。えらいね、といわれれば、えらくなくても、いい気になる。元気もでる。自信がわく、いい人間にならなくては恥ずかしいと思うようになる。

むかしの人が、老人をいたわったのは、弱者救済の心からではない。老人によりよく、よりすこやかに生きてもらいたいとする、いま流にいえば福祉の思想である。年寄りの老後はいながらにして守られていた。

戦後、老人の権威がおちたのはアメリカ流の生活感覚が入ってきたからである。つよい、若者の支配する社会である。家庭もそれにまきこまれる。老人の構造的悲哀の歴史が始まった。

なすすべもなく、その流れにもてあそばれているのは、いかにもふがいなく歯がゆい。

鈴村正弘さんという人は、そういうあわれなおじいさんではなかった。さっそうと、いきいきと、まわりを睥睨（へいげい）しているのだが、すこしも厭味（いやみ）というものがない。堂々たる大人物であった。

もともとエリートである。昔の師範学校を出て、数年にして教頭、三十三歳だかで校長になり、二十何年、大校長といわれて活躍した。退職すると、市の教育長におさまって、名教育長といわれる。地方切っての名士だったが、真面目はむしろ七十歳で教育長をやめてからであった。それまでよりもいっそう元気になったのである。

いろいろなところから、会長になってくれといわれる。日本酒文化振興会だとか着物保存会、俳句団体など、いくつもの役職を引きうけて、たいへん忙しく、たのしそうであった。年寄りにとって、こういう名誉職にまさるクスリはないと鈴村老はご満悦であった。

そして、自分では、先生について、焼きものの勉強をはじめた。人なみの、花瓶などおもしろくない。実用的な、ふだんのご飯茶碗にろくなものがないからと言って、「わしは、すばらしい茶碗をつくる」とはり切り、数年にして、見られるもの、というよりかなりの逸品ができるようになった。

老人には小さなご飯茶碗でないといけない。というので、普通のご飯茶碗の半分くらいのものをせっせと焼いて、知友にくばった。家族全員の分までもらった。

鈴村さんへの追悼のあいさつで、私は「鈴村先生は、お山の大将でした。すばらしい大将でした。ご本人もさぞ本懐であったでしょう」とのべた。

老人が幸福になるには、お山の大将にならなくてはいけない。

私は世間がせまい。それにいくらか変人気味で、みんなから、大将にしてあげます、といわれるタイプではない。

＊

それでも、もの好きもいるもので、京都のある教育事業をしているところから、会長になってほしいといってきた。

内心、たいへんよろこんで、さっそく会長になったが、かけ出しでは、大将の貫禄がないから、いっこうに威令はおこなわれず、白い眼で見られているような感じである。こんなところにいては、体にもよろしくない、と、思い切ってやめてしまう。お山の大将はやはりなかなか難しいものである。

そして、考えた。うろうろしているのをいきなり大将にされたからいけないのである。自任の大将なら、うまくいくだろう。とにかく自分で会をつくればいい。なんだってかまわないのである。

短歌をつくっているろうたけたある婦人と仕事の話をしていて、脱線。あなた方歌人は、歌はうまいだろうが、なんでもない文章がかけない。結社雑誌の編集後記など見ると実に幼い文章を得々として載せている。

散文の勉強をしましょう、エッセイが書けるようにしましょうと女流歌人をそそのかした。その勢いにおされたのか、この歌人はさっそく清紫会というメンバー十三名の勉強会をつくった。大将はもちろんこちら。

月に一回集まる。めいめい書いてきた千字のエッセイを読みあげる。みんなであれこれ感想をのべ合う。

ほかのメンバーはどう思っているかわからないが、これが実にたのしい。時を忘れる。われも忘れる。まくしたてても、すこしも疲れを覚えず、心身爽快である。こういう勉強会は健康にいい。

毎月、例会の数日前からなんとなく心が軽くなるほどである。

会員が心配する。お礼しなくていいのか、というのである。

心配はご無用、好きでしていることで、お礼をもらってはバチが当たるといって、辞退する。さすがに、お山の大将にしてもらっただけでどんなにありがたいか知れない、とまでは言えない。

そのかわりに、「来月の会のあと、ぼくがささやかながら粗餐をさしあげたいので、お含み願います」という。みんな顔を見合わせて、申しわけない、だの、そんなご負担をおかけして……などとつぶやくのがきこえてくる。いい気分である。

私はかつて、教室で学生を教えていた。教室もひとつのお城みたいなもので、教師はその殿様のはずであるが、下剋上の当世のこと、殿様のような教師はまったくなくなってしまった。勝手な私語をする不届きな学生がいても、「出て行け!」といえる教師がいない。殿様はむろんのこと、お山の大将にしてもらえる教室はない。教えてたのしいということはない。つらい労働になる。

エッセイの会は、ちがう。

みんな目が光っている。せいいっぱい努力しようとする。

年寄りを立ててくれる。お山の大将でいられるのである。

お山の大将は自分でなる。自任するものであって、ほかの人から任命されるものでもない。それがわかるのが、老人のアタマである。

お山の大将は生きがいになる。

第2章

生きがいのつくりかた

八十歳での起業

出版社をつくろうと思ったのは、あと二年で八十歳になるというときであった。

若いとき、編集の仕事をしたが、自分の会社をつくって、本を出そうなどと考えたことは一度もなかった。

出版社の経営は編集をすこしくらいした人間では、うまくいかないと漠然と感じていた。実際、編集者あがりで出版をはじめた友人たちの成績があまり香しいものではないことも承知していた。

気持が変わったのは、仕事のなくなる老人のあわれな姿を見せつけられたからである。

友人のある教師は、とっくに停年退職、いまは非常勤の講師を細々つづけていた。学校では、若い人で教えたがっている卒業生もいることだし、この古参の非常勤にやめてもらおうということになった。しかし、それを本人に伝える役はだれも引き受けない。ある知人がその損な役を押しつけられた。

勇退を勧告された老教師はよほどおもしろくなかったのであろう。伝えた人の名をあげて、彼に首を切られた、といいふらした。

もともと非常勤講師は一年契約である。年度末が来れば自然にやめる建前になっている。毎年変わるのもわずらわしいから、自動継続で続けることが多いのである。年度の途中でやめてくれといわれたのでなければ、首になったというのはまったく当らないのである。

この老人はもとは聡明な人であったのに、年をとって、欲深になり、そんなこともわからなくなってしまったらしい。あわれ。

やめたくないのは教師にかぎらない。企業のトップでも、いろいろの手を使って、居すわりを考え、老害のそしりを招く例はごろごろしている。

つまり、あとにすることがないから、いまのポスト、仕事にしがみつきたいのである。勤め人は、かりに、あとに目途がなくてもやめなくてはいけないのだが、そのふん切りが難しいから、停年という非情なルールをつくって、古い人間を一掃するのである。

それがはっきりしてきたのは、近年のことであるから、引け際でやめる人は大きなショックを受ける。

そういう退職者たちを見ていて、六十歳で退職する人たちのために、社会は、新しい働き場をつくらなくてはいけない。日本の政治家は浮世ばなれしているから、そんなことは考えたこともあるまいが、もっと雇用、ことに高齢者雇用の増大に力を入れなくてはならない。

＊

私が出版社を興そうと思った第一のねらいは自分をふくめて、年をとってから生きがいのある仕事を新しくつくることであった。

それには、社員はすべて定年退職者にする。働ける限り、終身働くことを原則とする。ただ給与は、低目におさえる。二交代制にして、早番は、朝から午後一時くらいまで勤務、遅番はそれから夕方まで働くようにする。これなら、かなりの高齢でも勤まるはずで、ベテランの経験によって、りっぱな業務ができるとふんだ。

年をとった人間が、若いものの仕事を奪うようなことができるわけがない。若い人たちだって、雇用はきびしくなっているのに、どんな理由であっても、年寄りがまぎれこんできたりしては迷惑する。

新しく熟年者ビジネスを創らなくてはならない。これまで存在しなかった新しいタイプの企業である。

私の出版社設立のねらいは、ただ、退職者のための雇用創出ということだけではない。出版社でなくてはいけないと考えたのは、かねていだいていた出版への不満があったからである。ありきたりの出版をするのなら、なにも老人の出る必要はない。

私が頭に描いた新しい出版の主な特色をあげれば、

一、従来、若年読者を主たる対象とした本が出版されてきたのに対し、大人向き、中高年読者を中心にすえた出版を目指す。

一、これまでの出版は、本当に読者のためではなく、出版社の利益を中心に考えてきたフシがある。たとえば、小さな活字で、三百ページ近い大冊でないと本らしくないときめてかかっている。いまの読者を考慮すれば、百二十ページどまり、活字も大きく、一行の字詰めもうんと少なくする。一行に四十字も詰まっていては、読みにくくてしかたがない。

一、読者のワン・シッティング（一度に読む時間）が短くなっているから、段落も思い切って短くする。

一、これまでの翻訳は大体において、原著者の方を向いている。読者に背を向け、難解であることを怖れなかった。発展途上国の翻訳である。これを改め、翻訳に読者の方を向かせる。明治以降の翻訳の多くが読者を相手にしていなかったから、新しい翻訳は、過去のほとんどすべてを改訳することになる。大事業である。

一、スタッフはぎりぎりにしぼって、コストの低減をはかる。

いろいろな人に会って、この構想を打診してみたが、あまり、いい反応は得られなかった。この年で、素人が、難しいとされる出版に手をつけることの不安を口にする人が多かった。

ただ、家族が意外に積極的で、やってみたら、ということであと押しをしてくれた。

＊

実弟が銀行勤めを終えて、ぶらぶらしているから、ちょうどよい。さっそく、ごくわずかだが、手当を出して、設立準備、手続き関係をすすめてもらうことにした。

会社の資本金は、とりあえず三千万円とした。ワンルームマンションを買うくらいのつもりだということである。

先年から、会社の設立は容易になって、一円でもできるといわれるが、実際には、なかなか厄介なことがある。それをひとつひとつ処理して着々と準備はすすんだ。

編集ははじめ、専任一名、非常勤三人くらいからスタートするつもりで、某社を近々停年退職する人を心当てにした。たぶん、二つ返事で来てくれるだろう、とふんでいた。

ところが、この人が、ダメだった。ほかに当てがあるのではなく、つい最近、やっかいな病気が見つかった。新しい仕事を考えるどころではない、というのである。

これには、まいった。大丈夫とふんでいたから、ほかの人を考えてもみなかった。いまさら、おいそれと適任者があらわれるはずもない。

まっとうな、あるいは、それ以上の報酬を出せるのなら、ともかく、半人分にすこし色をつけたくらいでは、知らない人をさがす気にもなれない。

ひとが頼めないのなら、自分でやるか。いったんはそう考えたが、なにせ、年である。五年つづけられる保証もない。目をつぶって飛び出すのは、いかにも乱暴である。

何日も悶々と考えた。こういうことをいつまでもつづけては体にもよくない。そう思って二年ごしですすめてきた会社設立を断念することにした。

社名まで考えてあったのに、残念であったが、編集の柱がなくては、出版社は建たない。大黒柱はだれでもいいわけにはいかないのである。会社をつくるということを、それとなく、折りにふれて口にしていただけに、やっぱり、できませんでしたというのが、いかにもふがいなく、口惜しかった。

やはりそれがひびいたのか、体調を崩して寝込んでしまった。さんざんである。

しかし、ものは考えようだ、とこのごろは割り切っている。いい加減なスタートをしてすぐ頓挫(とんざ)するより、しない方がいいにきまっている。つくった会社がすぐつぶれるようなことにでもなれば、この程度の小病ではすまなかったにちがいない。やはり、あきらめて、よかった。そう思って自らを慰める。

さらに考えれば、この失敗までの道行は結構おもしろかった。新しいことを創めるというのはたいへんだが、われを忘れさせる力をもっている。

二年半、けっこうたのしい夢を見た。はかない夢であったが、老いの身に、不思議な力を与えられた。そう思えば、未遂の会社設立も笑って忘れることができる。

＊

それから一年がたった。ある朝、やはり出版をしよう、という考えがインスピレーションのように、よみがえった。

ただし、出版社をつくるのではない。自主、自費出版である。もちろん売れることは考えないが、後に残る本を出したい。自分の本も出すが、すぐれた仕事であれば未知の人の本を出版するのである。

そのために、これまで細々と蓄えてきた私財を惜気なく使う。そうなれば、緊張する。うかうかしていられない。

おカネを味方にする

私はしがないサラリーマンの息子である。停年後の父親を見ていて、こういうふうになってはいけない、とひそかに心に期するところがあった。父は反面教師として息子に知恵をつけたのである。

自分の代から、俸給生活者になった多くの人たちは、のんきに退職を迎えて、びっくりすることになる。やめたあとのことをほとんど考えていない。なんとなく不気味で、考えたくないのであろう。

退職金がある、年金もある。なんとか自適の生活ができる。好きなことをして暮らすのはいいものに違いない。キリギリスのような生き方をしながら、先のことを考えない。コツコツ金をためるアリ型人間を、どこか心の片隅で軽べつしている。

しかし、秋はやってくる。キリギリスは秋の来ることは考えまいとする。そうやすやすと死なせてもらえないのが高齢化時代である。その前に死んでしまえば、話は簡単だが、そうやすやすと死なせてもらえないのが高齢化時代である。キリギリスの末路がみじめでなかったら、その方がおかしい。

どこかやせたキリギリスのようであった父の後半生をながめて、年をとるには、そして平安な老後を迎えるには、早くから備えておかなくてはいけないと気がついた。

ローマは一日にして成らず、老後も一日にして成らず。

老後の備えは、若いうちに始めなくてはいけない。老いてから泥縄式の対策をたてても、手おくれになる。

老後にとって、もっとも大切なものは、カネである。まだ若いうちだったが、そういう結論に達した。病弱だったから、老後をまたずして、仕事を失うおそれがまったくないわけではなかった。備えは早いほどよい。

カネを得る方法として、世間では多く生命保険を考える。実際、思いがけず早く死んで、保険金で助かった、あとが困らなかったという話はいくつもきいたことがある。しかし私は一度も生命保険に入ろうとしたことはなかった。どんなにうるさくすすめられても、断乎、ことわる。

生命保険のいちばんいけないところは、自分が死んだあとでないと金が入らないことである。

あとのものが助かる、というが、自分の命とひきかえの金を、自分でないものが手にするというのは、どこか人間的でないところがある。生きているうちのカネでなくては、生きていくたしにはならない。

そのかわりに、つもり保険ということを考えたこともある。保険料に見合った分を毎月、積み立て貯金するのだ。残念ながらこれは続かなかった。ゆとりのあるときに随時預金するというのに切りかわった。ただし、なにがしかの預金をつくることはできた。

退職金などというものは、在職中には考えるべきではない。それを前借りして家を建てた友人がいるが、なんと愚かなことをすることかと思った。

退職金をふやすのだといって、何とかいう共済保険のようなものに入った知人もいる。何年だか据置くと、毎月、何万とかの金が入ってくる個人年金であると喜んでいたが、バブルがはじけたとばっちりで、保険自体が危うくなって、約束された金がほとんど入ってこない破目になった。他力本願はいけない。

いい収入になる、利益が得られるといった〝うまい話〟にひっかかった例は、表面には出ないが、おびただしくあるだろう。

世の中には、退職金をねらうハゲタカがうようよしている。覚悟のできていないキリギリスなど、ひとたまりもないのである。

年金が政治的問題になっている。これまでのような支給が困難だという見通しになったたためらしい。そういわれてもどうすることもできない。黙って泣くことになる。

そもそも、年金を頼りにできるのは、退職後十年くらいで死んでいくのが普通な時代のことである。

寿命がのびれば、年金を支給する財源が枯渇するにきまっている。三十七、八年働いて、二十年以上も年金をもらうというのでは、年金がたまらない。

高齢化社会で、はつらつと老いていくには、はじめから、年金は生活の足しくらいに考えないといけない。

年金をたよりに生きていくのでは、たのしい、おもしろい老年はないと覚悟するべきだろう。

まず、自助努力である。自分の力で生きていくのだと覚悟をきめる。そうすれば、おのずから、老後に備えることになる。

老後にとって、大切なものは、健康とカネであって、どちらも思うようにならない。ことに健康は、いくら注意しても、用心を怠らなくても、かかるときには病気になる。

病気もおそろしいが、その治療費も決してなまやさしいものではない。

昔は、カネさえあれば救えた命をおとす人がおびただしくあった。健康保険のある現在は、かなりの費用を保険でまかなってもらうことができるけれども、自己負担すべき医療費もバカにならない。

カネの心配をしながら、病気をするというのは、もっとも悲しい人生である。

先立つものはやはり、カネである。その心配をなくしておくことが、老後の備えの第一である。

日本人のくせで、紳士淑女は、カネのことを口にするのをはばかる。カネのことを人前で話すのを恥じる向きが、いまなおすくなくない。

「もうかりまっか」をあいさつことばにする商人でもないかぎり、カネのことをもち出さないのは、つつしみとして、悪いことではない。

だからといって、カネをいやしいもの、口にすべからざる、考えるのも厭わしいものと不浄視するのは明らかに誤っている。

人はカネなくしては生きていけない。とりわけ老年にとって、カネは最大の味方である。カネを大切にし、カネをたっぷりもって老いるのが美しい。

どうしたら、恥ずかしくない方法で、カネを得るか、それは、人生の重要な問題である。恥ずかしがっていられることではない。

株式投資は、おもしろい

俸給生活者は、やはり、恒産がなくてはいけない。

カネをつくるには、ありきたりの方法ではありきたりの小遣いくらいしかできないのである。

預貯金では、ふやしても知れている。もうすこし多くの収入がほしい。

どうしたらいいか。

若いとき、浮世ばなれした、イギリスの中世文学を読みながら、ときどき、一息ついては、ぼんやりそんなことを考えた。

そして、あるとき、思いついたのが株式投資である。それにはわけがある。

父親は実直なサラリーマンで勤勉によく働いた。しかし、父にはもうひとつの面があった。株の投資、というより、株の売買、俗にいう〝株をやる〟人間だった。

父親はよく小学生だった私をつれ出して散歩したが、たいてい本屋へ入った。こどもは放っぽり出してきびしい顔つきで、何かを読んでいる。ずっと後になって、わかったのだが、経済雑誌、株の雑誌だったらしい。散歩もそのためだったようである。

株をやっている親戚がやってくると、二人で夢中になって話し合っているのを何度も目にした。そんなときの父は、いつになくいきいきとしていた。いつのまにか、感化されたのであろう。こどものクセに、カネのことを口にして、父親をおどろかせ、こどもはまだそんなことは考えなくていい、と叱られたこともある。

好きではあったが、成績はあまりよくなかったようである。ときどき、家族の前で儲かった話をしたことはあるが、それは珍しくうまくいったときのことで、たいていは、損をしていたのだろう。家族に株のことを話したことはほとんどなかった。

亡くなった父のあとを整理して、家屋敷以外にほとんど財産らしいものが残っていないのがわかった。

三十歳になったとき私は、株を買おう、と心をきめた。しかし、父のようなやり方はいけない。もっと堅実な投資をしよう。貯蓄としての投資に徹しようと考えた。父が失敗したのは、信用取引をやったからである。どんなことがあっても、信用の売買はすまいと心にきめた。もっとも、若造では、信用でやろうとしても、先立つものもなかったが……。

ある日、思い立って、銀行の口座から預金の大部分をひき出した。残りは数千円しかない。

いわば全財産をもって、ターミナルの証券会社の支店へ入って、はじめての注文を出した。そのときの銘柄は、いまだに忘れない。

旭硝子　二〇〇株　　日本光学　二〇〇株

キリンビール　二〇〇株　東京製綱　二〇〇株

もっていった金はこれでほとんど消えた。

わずかな金を、四銘柄に分けたのは、分散投資でいこうと思ったからである。そのときの株屋の店員はどんな顔をしたか、のちのち思い出すと、すこし恥ずかしくなる。

このうち、キリンビールはずっと持ち続けて、増資などもあって、相当な株数になった。

ほかのものもすくなくとも、数年は手放さなかった。

買って売って、また買って、というあわただしいやり方は証券会社にはありがたいが、個人としてはまずいやり方だということをしっかりおさえていたのはあっぱれである。

やはり、父親のしたであろうことは避けなくてはいけないというところからの考えである。父は、自分ではできもしないくせに、財産三分法だとか、銘柄を散らす分散投資というようなことをいったことがある。

まだ、モータリゼイションなどということばもなかった時代だが、街を走る日産のブルーバードを見て、ほしくなった。

すぐには買えないが、そのつもりになれば、買えないこともない。そのための貯金をしようとしていて、株のことを考えた。クルマに乗るのはよそう。それよりクルマを作る会社の株を買おうと思って、日産自動車株を買った。ブルーバードより安かった。

これも、五十年ちかく、途中で売ったり、買いもどしたりしながら、現在も保有している。株を買うと、気がながくなる。そのせいで、長生きできるのかもしれない。私は、ひところは本気でそんなことを考えた。

なにがしかの財産をつくるのが目的で始めた株であるが、そのうち、不思議なおもしろさを感じるようになる。銀行や郵便局へ金を預けても、なんということもない。預金はいつまでも、そのままだ。多少の利子、利息はつくが、まずは静かにおとなしく眠っている。

ところが、株を買ったとなると、そんなものではない。日々刻々、値が変わる。だいじょうぶと思ったのが、どんどん下げたり、たいして期待しなかったのが、大化けして喜ばせてくれたりする。株は生きている。だから、ときには死ぬこともある。当てが外れて、大怪我をすることがときどきはおこる。

それがいやだったら、株など手を出さないことだ。おとなしい箱入り娘の貯金をすればいい。

とにかく生きている株がおもしろい。たまには損をしてもいい。値動きがはげしい方がおもしろい。

株をもつと、新聞の株式相場欄の見え方が違ってくる。まず、そのページから見る日もある。とくに、新たな銘柄を買った直後など、かるい胸さわぎを覚えながら、数字を追う。新聞もこういう熱心な読者があるのは、株式のページだけはないか。

その証拠に、新聞が休刊することがあるのは月曜である。前日市場がないから、株の読者にとって、新聞なんか来なくても一向に差支えない。火曜に休んだりしたら、株の読者は黙っていない。

株など見たこともないのではないかと思われる首相が、暴落した相場にコメントして、株主は「一喜一憂してはいけない」などと教訓をたれたのは笑止だった。

一喜一憂しなくて、どうする。それだからこそ、株はおもしろい。始めたら、やめられないのである。

持ち株が、上がっても知らん顔、下がっても知らん顔、というようなのは人間ではない。ちょっとした変動に一喜一憂する。それが生きがいというものだ。

株はギャンブルの一種だといって嫌う人がいるが、遠慮することはない。ギャンブルとして株をやればいい。当たれば喜び、外れたら肩をおとすところは、競馬、競輪、宝くじと同じだが、ほかのギャンブルがみな一発勝負であるのに、株式投資は日々これ新たである。ひとつの勝負を長い間たのしむことができる。

損になっても、それは含みである。売るまでは確定しない損であるから、じっと一陽来復を待つのもたのしみのうちである。

思うように動いてくれない株価が上がるのを待つのはなかなかの意志を要する。がまんしなくてはいけないことを一喜一憂の間におのずと体得する。しかるべき投資活動をすることによって、人間を磨くことができる。

個人の力ではどうすることもできない大理というものがあるという悟りをひらく人もあらわれる。謙虚さを教わる。

一喜一憂をくりかえしている間に、人間として円熟していくことも可能である。そういうところから相場師といわれる人たちの人間性に対してひそかな好意をいだく。

机の上で本を読んでいるのとは、わけが違う。ときに身を切られるようなひどい目に会うこともあるが、また、夢ではないかと思うような勝利をおさめる。

おのずから知恵がつく。それをことわざにして喜ぶ。たとえば、売りどき、買いどきのタイミングの難しさをあらわす、

まだはもうなり、もうはまだなり

という相場の名言がある。一喜一憂を知らない、学者や識者には、とうていえない。

一喜一憂がよろしい。一憂さえもまたたのしい。そう達観するところに投資道ともいうべきものが成立する。

年をとると、どうしても世間が狭くなる。外へ出る用もないから、うちで老妻と向き合う。

「あれ、どうする」

「しなくてはいけないでしょう」

「そうかなあ」

「そうですよ」

「じゃそうするか」

というような会話が、ひとつ、ふたつあれば、一日は暮れる。心配ごともないかわり、よろこびもない、薄暮、黄昏（たそがれ）の日々である。これでは、頭がお休みになるのもいたしかたあるまい。

たとえわずかでも、虎の子を投じた株があれば、虫めがねごしに株価欄に目をこらし、一喜一憂する。おのずといきいきしたあけくれになろうというものである。

投資の研究

八十歳に近くなって、ひとりで株の売買をしているだけではもの足りなくなった。みんなと株をめぐって勝手なことをしゃべり合ったら、どんなにか楽しいだろうと考えた。

株式投資がなにか後ろめたいことのように思われる時代ではなくなったが、なお、これまでつき合っていた同業の人たちと、改めて株を話題にしておしゃべりをする気にはなれない。

これまで縁もゆかりもない、株に関心のある人を集めるのはホネだが、そういうクラブができたら、どんなにおもしろいか。しばらく空想して楽しんでいたが、とうとうがまんできなくなった。

世話好きな人に、人集めを頼んで、十名くらいのメンバーができた。元教師、小企業の社長、小間もの屋店主、不動産業、元銀行員、医師夫人など。いずれも、株式投資に多少の経験はあるが、成功したことはすくなく、損をして何年もごぶさたしているという人たちである。私がリーダーにおさまる。

会の名は重ね会。いいこと、儲けを重ねる意をふくめ、月と日を同じに重なる日に会をするのである。一月は別にして、二月二日、三月三日、四月四日に開催する。こうしておけば、一年中の予定が立つ。忘れることがない。

ホトトギスの会という名にしようかと考えたこともある。

鳴かせてみせようホトトギス
鳴くまで待とうホトトギス

というところが投資に通じると思ったのである。ところが、会ではかると、殺してしまえホトトギスというのがあって、おもしろくないとの声が出る。鳴いて血をはくホトトギスというのもある。どうもいただけないというので、流れた。重ね会は、めでたく回を重ねて、すでに十年近くになる。

会のモットーとして、

株屋のいうことはきかない
安いときに買って、高く売る
ひとのせいにしない

の三条を申し合わせた。

リーダーがいくらか勉強して、はじめに短いコメントを発表する。これからの一カ月の見通しである。さらに先の動向の予想を立てる。おっかなビックリでいったことも、三つにひとつ位は当たる。するとメンバーの信用が上がる。すすめた有望銘柄がその直後から値上がりするようなことがあったりすると、おしゃべりに活気が出る。

三十分も四十分も、ひとりでまくし立てるのを、みんながおとなしくきいてくれるから、本人も我を忘れる。帰宅すると、どっと快い疲れが出るが、生まれてこのかた、こんな愉快な会合はないと、毎度のように思うのである。

教師として、ずっと学生に話をしてきたが、一度だって、胸のすくようなことを味わったことがなかった。教師は授業する責任があるから話をし、学生の方は義務があるから、やむなくきいている。それがおもしろいはずがない。

ところがこの重ね会は違う。

だれも義務とか責任を意識しているものはない。いやなら来なければよいところを、好きこのんでやってきて、うまい儲け話があるかもしれないと思うから、おのずと力が入る。手帖にせっせとメモをとるものもいる。

食事をしながら〝勉強〟するのだが、食べたものの味はあいまいである。それくらい話に熱中、二時間があっというまに過ぎてしまう。

夢中になるというが、話していてわれを忘れるということは、年をとってからめったになかった。それが重ね会では毎回おこる。たのしいからである。

会をはじめて半年くらいのとき、久しぶりの友人に会ったら、「ずいぶん元気そうじゃないか、若くなった」といわれて、会をつくった目的以上のものが達成されたように思った。

少人数の会で、存分におしゃべりをするのは、おそらく身心にとって最高の健康法になるだろう。よく昔の人が、寿命がのびる思いをした、といったが、重ね会には、たまっているストレスがあっても吹き飛ばす効力があるように思われる。

買った株が値上がりするのはもちろん望むところだが、心を洗われ、気分爽快、あたりが輝いて見える、というようなことは、そうそうあるわけではないが、それでいいのだ。

どことなく、鈍くなった頭脳も、この会合の談論風発の勢いを受けて、しゃきっとする。老化防止、ボケ予防にこんないいクスリはまたとないだろう。

ときに、買った株で損が出ても、それは、アタマのクスリ代だと思えば安いものである。ひょっとすると、ただ、老化を防ぐだけではなく、これまでより頭がよくなってきたような気のすることもある。回春の妙薬というわけで、もちろん、お金で買うことはできない。

といって、別にいい加減なオダをあげているだけではない。みんなのためになることをいいたいという欲がある。ひとりで株を買っていたころには読んだことのない雑誌やレポート類に目を通すようになった。そして、ひとりだったら、見つけられなかった企業をとらえたこともある。

九・一一同時多発テロのあと、ひところ沈滞したアメリカの航空機産業がまた動きはじめた。金属チタニウムの大きな需要が見込まれることを察知した。この金属チタニウムを生産できるのは住友チタニウム、東邦チタニウムと、アメリカの小企業しかなく、この三社で世界市場を独占しているのである。住友チタニウムが世界一、東邦チタニウムが二位で両者が圧倒的シェアを誇る。

航空機産業が活気をとりもどせば、これらの素材メーカーは大きな恩恵をうけるはず。そう考えて、住友チタニウム、東邦チタニウムの買いを重ね会ですすめた。それに従ったものは大きな利益を得た。

そんなにしばしばではないが、こうした見込みがうまく当たることがある。とにかく株をサカナにして、空談するのは、たのしい。

若いときはともかく、年をとったら、株を買って一喜一憂するのは最高である。

かつて、国鉄総裁石田礼助は、高潔の人、在職中、ほとんど報酬を受けなかったが、退職すると、湘南からの定期券を求めて、兜町の東京証券取引所へ通う生活をはじめた。頭の老化をふせぐのだといったそうだが、それだけではなく、株の話をするのが楽しかったのではないか。

人に ご馳走する

私は、大勢で写真をとるとき、前列には出ないで、後列に立つようにしている。若いときは、出ようとしても前列に腰かけたりはできない。いやおうなく、後列に立つ。しかし、すこし年をとると、どうぞと、一列目の席をすすめられることが多くなる。

そういうときも、できれば、後ろへまわりたい。遠慮ではない。謙遜ともちがう。後列の方がなんとなく、くつろぎ、落着くのである。

気が小さいのだろう。人を押しのけても前へ出ようという覇気に欠けるところがある。後列に立っても、前列の人たちを見下ろすようなことはしない。前へ出てくれる人がいなくては、集合写真はとることができない。

ひそかに前列の人に敬意をいだく。しかし、自分は後列がいい。そう思っている。若い友人が、私のことを、〝後列の人〟だとエッセイに書いたことがある。ひとも認めるところとなったのか、と内心いい気持ちであった。

しかし年をとったら、前列に出なくてはいけない――そう思うようになったのは、七十に手のとどくころであった。後列の老年はたのしくないし、美しくもない。前列にふさわしい年のとり方をしたい。そう願うようになった。

むかし中学校の校長さんからきいたことばを思いだした。その校長さんはたいへんな勉強家で、学識は群を抜いていたが、ことに禅にくわしく、しきりに禅語を引いて訓辞をした。あるとき、前後のことは忘れてしまったが

随所に主となれ

ということばを引いて講話をした。中学生の頭にはわかりかねるが、しっか

りしろ、人にひっぱりまわされるな、ということをのべたものだろう、と受けとめた。

こちらは、もともと後列志向の人間である。〝主となれ〟などということばがぴったりするはずがない。忘れるともなく忘れていた。それが年をとって、妙に心ひかれるようになった。

「随所に主となれ」はいまから千年以上の昔、臨済義玄のいった語である。どこにいても、どのような立場にあっても、主体性を失わない。いかなる場合にも、他によって自己を乱されることなく、自分を見失うこともなく、自由である、そうあれ、というほどの意味らしい。

何十年かぶりに、このことばを思い出して、しみじみと、その含蓄を味わったような気がしたが、はじめは、ただの観念上のことを考えていたのである。そういう主体性を失わないで生きていかなくてはいけないという精神論として受けとっていた。それは、その限りにおいて願望であり目標であって、具体性に欠けている。

＊

具体的に「随所に主となる」ことができるだろうか。もしできるとすれば、どうするのか。ぼんやりそんなことを思いながら、折りにふれて、このことばを反芻（はんすう）した。そのうちに、いきいきと、たくましく、美しく老いていくには、やはり、〝主〟となることが欠かせないように思われ出したのである。

ある朝、この公案は解けた。

実際に、われわれは随所に主となることができるのである。

どうするのか。ひとに供応するのである。

人をもてなせば、招いた方が主人である。英語では、これをホーストという。まさに主である。ホーストは責任もあるかわり、主体性を発揮できる喜びも小さくない。だから人を招くのである。

役人や交渉相手を招いて酒食を供し、自分の利益をはかる業者などが、いくら非難されてもいっこうになくならないのは、招く側に、ホーストとしての快楽があるからであろう。

桃太郎は、サル、キジ、イヌに、キビダンゴという供応をしたために、大将になって仲の悪い三者の争いをおさめ、平和を招来することができた。いくら桃太郎がすぐれた英雄であったとしても、〝おれについてこい〟と号令をかけるだけだったら、てんで相手にもされなかったにちがいない。

ホースト、主、主人になるには、ご馳走が欠かせない。逆にいうなら、酒食のもてなしができれば、いかなる人とまではいえないにしても、たいていの人間が「主」となることはできる。

私が薫陶を受けた恩師は人も知る大人物、人格者であった。多くの門下から敬仰をあつめていた。先生は、よく若いものにご馳走をした。なにかというと会食に誘う。先生からおいしいものを食べさせてもらって、文字通り育ててもらっているのだと感じることもあった。

ところが、晩年になって、この恩師にちょっとした経済的困難がおこったらしい。「先生のご馳走」はぱったり止まってしまった。弟子たちの失望は、隠にこもって表面化することはなかったが、たいへん大きかった。先生の魅力、すくなくとも、その小さくない部分は、ホーストとしての先生に由来していたのだと考えられる。

それにつけても「主」となるには、どうしても、人を招いて、食事をしなくてはいけないと思いこむようになった。

たまたま、それとほとんど時を同じくして、さきに引き合いに出したリズ・カーペンターのスタイリッシュ・エイジング三則に出会った。「どんどん人を招け」というのは、ホースト、ホーステスになれということにほかならない。

その気になればホースト、主人になることくらい、なんでもない。

＊

とにかく人にご馳走するのである。時と場合、相手などかまっていられない。相手かまわず、折りあれば招待する。

私は教師になって、早々に中学生のクラス担任をした。第1章でものべたが、その生徒たちが、大紳士、大淑女になって、還暦の会をするから旧担任として出席してくれといってきたことがあった。

さっそく、出席すると返事をしたが、そういうときの自祝はわびしい。祝ってもらってしかるべきで、及ばずながらわたしが、粗餐(そさん)を供することにしてほしい、と幹事に申し入れた。

びっくりしたのかもしれない。大して豊かでもなさそうな老教師にそんな負担をかけてはいけないだろうという遠慮があったかもしれない。しばらくしてようやく、ありがたくお受けします、といってきた。

当日の会は、たいへん楽しかった。すくなくとも、新還暦の諸君よりもたのしみ、ごきげんであった。供応がこれほど楽しいものであることを、このときほどつよく感じたことはない。

祝われた諸君がこちらほど愉快であったかどうかはわからないが、ご馳走されてうれしくないはずはない。タダ飯はうまいにきまっている。

あとで、ほかの回の同窓のものへも、この話が伝わった。およばれした連中でこんなクラスはないだろうと威張ったのもいたらしい。こちらはちょっぴり株をあげることができた。

大学で教えていたときに担任したクラスが同じように還暦を迎えたから、中学のクラスにならって、招宴をひらいた。こちらは人数が十三名だから、たいしたことはない。もちろん談論風発、時のたつのを忘れ、年をとったことも忘れた。

その卒業生のひとりが、「昔の先生よりいまの先生の方が若々しい」とゴマをすった。お世辞とはわかっていても、そういわれると、本当にそんな気がしてくる。本当に若返ったようで、元気がわく。「主」となった味はたいしたものである。

停年で仕事をやめたというあいさつが来る。いくらかでもお世話になった、あるいは、親しくしたというような人には、慰労と称して一席もうける。

これはまったくの厚意で、勤め先の送別会などとはわけがちがう。これから先はもうさしたることもなくなってしまうのに、招いてもらって……と喜んでくれる。そして、こちらはしっかり元気になり、愉快を味わう。人間的に成長しているのではないかと錯覚することもある。

ひとさまだけではいけない。家族にもご馳走する。毎日ではなんだから、週末、土日のどちらか。ちょっとしたレストラン、店、ホテルなどへくり出す。そして、中の上くらいの食事をする。いつも食事をつくる女性にとって、外食は楽しいらしい。日ごろは生意気なことを口にするこどもも、食事会では神妙である。

これをくりかえしていると、だんだん、一家のあるじという気持を家族がいだくようになる。貴重である。

昔は、一家の主人とは威厳があり、家族は家長を大事にした。そういう敬老の精神は地を掃った現代であるが、週に一度、半月に一度の供応で、失地はかなり回復される。

ホーストとしてひとを招いていると、食べているものの味はよくわからない。気のおけない客なら気づかいは無用だから勝手なおしゃべりをする。これが愉快である。食べているものの味など問題にならないくらいで、たっぷりおしゃべりをしたあとの気分はほかでは味わうことができない。

随所に主となるのは精神衛生上、はなはだよろしい。

教室を創る

私は、ほぼ六十年、学校の教師をした。いい仕事だとは思ったが、どうもうまく教えられなかった。学生からも本当に尊敬されていないことをいつも感じていた。

心をおどらせる経験というものがほとんどない。年をとると、ときどき、学校へ行くのが億劫になってくる。これはよくない。そう思ったから、二つ目の学校を停年二年前にやめることにした。まわりが、なぜ、やめるのか、ときいたが、わけもなく、やめたくなったのである。

やめてほっとした。月曜の朝、目をさまして、今週も、学校へ行かなくてもいいのだ、と思うと、なんともいえないいい気分だった。もっと早くやめればよかった。

勤めのある生活というのが、いかにわずらわしいものか。与えられた仕事だけではない。同僚がいる。気の合うのばかりではないどころか、みんなそれぞれにいくらか毒をもっているように思われる。友情などいつまでたっても育たない。すまじきものは宮仕えだと、やめてみて、つくづく思った。

学校をやめて、自由になった。その時間よりもむしろ、心がさっぱり、風通しがよくなったことを喜んだ。しかし、やがて自由は退屈であるということもわかってくる。

そして、おどろくことに、あんなにいやだった教えることが、なつかしくなってきたのである。教えるのは、張り合いがある。それなりに下調べをしたり、考えをまとめたりするのはよい刺激である。

そうかといって、いまさら、教えさせてくれるところなどあるわけもない。それに、こちらの知識も古くなってしまっていて、本式の教師などはとても務まらないだろう。

しかし、教えてみたい。考えてみると、教室の教師はお山の大将である。上司がいるわけではないし、うるさい同僚もいない。学生は、教師より、大体においてて知識もすくなく、考えも浅い。お山の大将としての教師の自信をゆるがすようなことはまずない。

かつて乗ったタクシーの運転手に、キミたちの仕事はめぐまれている。近くに、うるさい上司がいて見張っているわけでもなく、車庫を出れば、どこを走ろうと、まったく自由、そんないい商売はほかにない、などとしゃべったことがあるが、考えてみれば、教師も似たところがある。それをわけもなく嫌がってやめたのは、もったいないことをしたものだと、後悔するようにもなった。

教えてみたいが、教えるところがない。どうすればいいか。答えは簡単だ、教えるところを創ればいいのである。

＊

長年、歌をつくっているNさんと、ほかの用で会った。話が終って、おしゃべりをしているとき、老歌人が、歌ではどうしても表現できないものがある、ということを洩らした。私は、そうだ、そうだと、賛成して、エッセイの勉強をする会をつくろうという話にしてしまった。

Nさんがたちまち十数名のメンバーを集める。多くが、歌の仲間で、エッセイを書いたことはないという人たちである。清紫会という名前は、もちろん、清少納言、紫式部にあやかるもので、会員のほとんどが女性であることを反映している。

区役所に貸してくれる部屋がある。そこを教室にして、月一回、集まって勉強する。書いてきた文章を、めいめい朗読、それにほかのものが、感想や批評をのべるのだが、会の後半は、私がしゃべりまくることになる。別に教えるというのではないが、思っていること、考えていること、近ごろおもしろかったことを、織りまぜて、しゃべるのである。

きかされている側には、うんざりしている人、退屈だと思っている人がいるにちがいないけれども、こちらには、そんなことを反省するゆとりはない。ひたすらにしゃべる。それがまことに爽快である。

私の饒舌（じょうぜつ）にへきえきしながらも、みんなじっときいている。学校の教室とはちがう。学生同士でしゃべられると、教師はたいへん不愉快になり、へとへとにつかれる。清紫会ではもちろんそんなことはまったくない。

その代りではないが、月謝はなし、である。自分のためにつくった教室は趣味である。ことばは不適かもしれないが遊びである。趣味や遊びで金をとったりしてはいけない。月謝のないことで、いっそう、楽しい思いができる。

お山の大将である。月謝などというケチなものをもらっては沽券にかかわる。頑としてお礼を受けとらない。そのために、教室はいっそう楽しいものになる。例会の前の日から、すこし浮き浮きする。

帰ってくれれば快く疲労しているから、そのまま寝てしまう。夢は、おおむね、まどかである。

＊

アメリカに、ウィラ・キャザーという女流作家がいた。アメリカにもこういう小説があるのかと思わせる短編を書いた。こちらが若いときに愛読した数少ない作家である。

そのウィラ・キャザーが、ある小説の扉に、

「ひとつでは多すぎる。ひとつではすべてを奪ってしまう」

という意味の文句を刷り込んでいる。

この前半、

「ひとつでは多すぎる」(One is too many)

というのが好きで、何度も何度も思い出してきた。

清紫会がすべり出してしばらくのときも、またこのことばを思い出した。そうだ、ひとつだけではいけない。もうひとつほしい。

ほしかったらつくればいい。

こんどは、主として俳句をつくっている人たちで、やはりエッセイを書くグループをつくった。「むらさきの会」である。

こちらはホテルのコーヒーハウスの片隅を借りて開く。清紫会とはおのずから、ちがった雰囲気があるが、こちらをお山の大将にしてくれるところは変わりがない。

メンバーが書いてきたのをきいて、即座に評をするのは、ちょっとした頭の体操になる。するどいことを指摘する、といわれた方は思うらしいが、こちらは、かならず、どこかよいところを見つけて、それをホメる。

そのあと、よくないところを注意する。長年、教師をしていて、ホメないで叱ってはいけないことを知ったのである。

「むらさきの会」も、月謝をとってくれといい出したが、はじめの約束だからといって、フリーをつづけている。

清紫会もむらさきの会も、節目のときには私がご馳走する。たいしたことはできないが、人数も多いから、たいへんだろうと、年輩者が多いだけに、みんな気をつかう。

ご馳走することで、いっそうお山の大将になった気分になる。それを思えば、食事代など安いものだ。

近代教育の祖ともいわれるペスタロッチに

与える愛

という有名なことばがある。長年、このことばが具体的にどういうことを指すのか、疑問に思っていた。それが、エッセイの教室をひらいてから、こういう仕事を指すのかもしれないと勝手に解釈するようになった。〝無償の喜び〟が教育の原動力であるとすると、会の喜びもいくらか理解できる。

老人のすることは、「与える愛」であるべし。喜びはおのずから生ずる。

第3章 知的な生活習慣

朝を活用する

朝、床の中で目をさまし、ああ、生きていたのだ。そう思うことが、五十くらいのときから、ときどきあった。健康がよくなかったころである。

年をとってきてからも、やはり、朝、目をさまして、ああ、生きている、生まれかわったと思うことがときどきある。

死なくてよかった、というのと、新しく生まれた、とは、大違いである。

年をとってきて、だんだん積極的な考え方をするようになった、ひとつのあらわれである。

目がさめたら、すぐ、ガバと起き上がるのは体によくない、ということをきいて以来、すくなくとも二十分くらいは、床の中でもぞもぞしていている。

その間、よしなしごとを考えるともなく、考える。なにかの拍子に、考えあぐねている問題の解決になりそうなアイディアが飛び出すこともある。そういう妙案は、一度、やりすごすと、もう決して帰ってこない。長年の経験で知っている。手の届くところに、紙と鉛筆が置いてある。ポイントだけでも、大きな文字で書きつけておく。あとで見返すと、ときに妙案であったりするから、楽しみである。

起きるのは、夏なら四時ごろ、冬でも五時半になるのは体調のよくないときである。

型のごとく朝のセレモニーをすませて、一日が始まる。まだ、生まれたて、ピチピチはり切っている。夜は、若いものに太刀打ちできないが、朝なら、別。なにしろ生まれたばかりのところである。ねぼけた若者などに負けるものではない。颯爽と輝いている。

若いうちは、夜も仕事ができる。それで、夜しか仕事をしない人間がいる。

電灯があらわれて、明るい夜が実現したからである。夜ふかしによる仕事が健康的でないことを、ほとんど忘れたのが近代である。

小説家が、夜を徹して、原稿を書くのが当たり前のようになっていた大正から昭和にかけてのころ、もっとも人気が高く、もっとも多忙だと思われていた菊池寛が、夜は一行だって原稿を書こうと思ったことがない、といい放った。

私は深くこれに感銘し、機械的な仕事以外はすべて、朝へまわすことにきめ、それを「朝飯前の仕事」と呼んでいた。簡単に片付けられるというのではなく、頭のよいときだから、朝飯前の仕事は最高に能率がいいと信じたのである。

勝手に、朝飯前が金の時間、食後は銅、ひるの食事前にまた金の時間、ひるをすぎると銅、夕方また、金、夕食後は鉄、十時すぎれば石の時間になると、冗談を言った。

石の時間に勉強していれば、石頭になるわけだ。かつて教室で学生に向かってそんなことをしゃべって失笑を買ったことがある。

ありがたいことに、年をとってくると、したくても、夜の仕事はできなくなる。八時になると、眠くなる。九時に寝ても、朝の四時まで七時間も眠ることができる。人から笑われても、寝てしまえば、朝の目ざめ、朝の誕生はひときわ清々しい。心も晴々している。

*

机の前に腰をおろして、まず、日記をつける。前日あった目ぼしいことを書きつけるのだが、このごろ日記をすこしバカにしている。

二十代の半ばごろから日記をつけることを六十年近くつづけてきて、一日の欠けたところもないが、だんだん、日記などつけても、つまらぬという気持ちがしてきた。

済んでしまったことを、くだくだ書いて、何の足しになるのか。人に見せるものではないし、自分のための備忘録だが、自分の古い日記をひっくりかえして、来し方をふりかえるなどということは、いくら老人でも笑止である。いっそやめてしまえば、さっぱりするが、ふん切りがつかないで、お座なりに毎日つけている。慣習とはおそろしいもので、つけない日があると、気になり、無理に思い出して補記することもある。

その代わり、予定表作りに力を入れる。ハガキより大き目の用紙が用意してある。これを横長にして、上半分に、その日にしなくてはならないこと、約束の原稿、出席する会合などをメモの手帳などを見ながら書き出していく。

そして、どうしてもしなくてはいけないことの頭には二重丸をつける。なんとしても、これはやりとげよ、という自分に対する目じるしである。二重丸が二つ三つとあるときは、優先順をつける。やっかいなことはなるべく優先するようにする。やりやすいことから先にしていくと、面倒な仕事はいつも先送りになって、いつまでも手がつけられない。

いやな、しかし、しなくてはならないことから、片付けるためには、この日々予定表はたいへん役に立つ。八十歳をこえてからの方が、若いときより多くの仕事をしていると自負しているが、まったくこの予定表のおかげである。

日記は、会社などなら決算書である。過去の業績をあらわしている。予定表は、いわば、予算案である。国会を見ても、花形は予算委員会で、その様子はしばしばテレビで中継放送される。

それに引きかえ、決算委員会というものの実況がテレビに流されたことはない。こうしてみても日記より予定表の方が重要であることは、はっきりしているように思われる。

こういう予定表をつくるようになったきっかけは、アメリカのある経営コンサルタントが、のちに大企業のトップになった人の若き日に、アドバイスしたことの中に、予定を書き出して順位をつけ、難しい順にやっていけば、仕事がどんどんはかどるというのがあった。それをまねたのである。

入学試験の答案を書くときは、なるべくやさしい問題から片付けていかないといけない。昔の地方の中学生でも、それくらいのことは知っていた。

難しいのからとりかかってこれに時間をとられると、点のとりやすいやさしい問題をする時間がなくなってしまう。時間をかけた難しい問題を間違えたりしたら目も当てられなくなる。

人生の答案を書くには、しかし、これと逆の方針で臨まなくてはならない。いくらたくさんやさしい仕事をしても、それだけでは人生は豊かとはいえない。かりにうまくいかなくても、難問から挑戦していってこそ、有為の生き方になる。まず、難事から始めよ、である。

＊

予定表ができたら、それによって、動く。

まず、家の前の通りをはいてきれいにする。

ついで、信心している近所のお地蔵さんへおまいりに行く。

それから、地下鉄にのって、コースの出発点へ行き、約一時間、散歩する。うたをうたったり、ぼんやり考えごとをする。

帰ってきて、暑い季節なら、シャワーを浴び、ついで汗になった下着を、ごしごし手洗いする。きれいになるのが気持ちよく、洗濯は好きである。

そして、しばらく机に向かってから、朝食。

すませると、床へ入って本式に寝る。予定表には、「朝寝」としてある。体調のよくないときは、二時間も眠るが、たいていは一時間そこそこで目をさます。そして、また生まれたか、とそう思って起き上がり、顔を洗って、近くの図書館へカバンをもって出かける。十一時をすこしまわったころである。

世の中はひる近くだが、こちらにとっては、新しく生まれたばかりである。同じ日に、二度の目ざめがあることになる。ということは、一日が二日になることでもある。朝飯前の仕事が二度できて、たいへん好都合だ。

図書館に、二時間半いて、午後の一時半、うちへ帰る。食事をして、ひと休みすると、また図書館へ戻る。五時半ごろまで三時間ほど仕事をする。

夕方、帰宅し、テレビのニュースを見ながら、夕食をとる。しばらく雑談をすると、そろそろ、お休みの時間になっている。こうして一日、つまり二日は終わる。一日を二日に生きるいい男。ひそかに、そう思っている。

＊

予定表には上がっていないが、朝の自由な思考が大事な日課である。

床の中で目ざめたときから考えごとをする。アイディアが浮かぶ。やっかいな問題を解決しようとする。頭をはたらかすには、どうも朝飯前でないといけないようである。

いつからか、私は、この朝の考えごと、考えを、ドイツ語でモルゲン・デンケン（朝の思考）と気取った。やはり、一日のうちで、いちばんよく頭のはたらくのは、朝だ、という思い込みは深い。

朝の思考は、みずみずしく、健康である。生きがいい。若い人たちが灯下で苦しまぎれに考えたことより生気がある。若いときより、いまのモルゲン・デンケンの方がすぐれている。本気になってそう考えているのだからいかにもお目出度い。

年老いたものは、朝に生きる。その点で、若い人、壮年の人にひけをとらないというのが信念である。

ウォーキングは、気持ちいい

郷里にいるイトコが東京へ来て二、三日して帰ったら、足腰が痛んで難儀したという。「あんなに歩いたり、階段の上り下りをしたことはない」とこぼしたそうである。

そのイトコのところへ行って泊めてもらった。朝、クルマのエンジンをふかしているから、どこへ行くのかときいたら、タバコを買いにいくのだという。そんなに遠くかときくと、いや見えているが、いつもクルマで行くもんだから、と笑った。

こちらは、とにかく歩かないのがいけないのだ、と思っている。このイトコはまだ、年寄りともいえない年で亡くなってしまった。

イトコのことを見て歩くことをはじめたのではない。ずっと若いときである。原稿を書いていて、考えあぐねると、家を出て、あたりを歩きまわる。帰ってきて机に向かうと、つかえていたところが、ウソのように消えていることがある。散歩は頭をよくしてくれる、と思うようになった。

しかし、やはり、散歩は、体と健康のためにするものである。胃の調子がよくないときなど歩いていると、ケロリとよくなる。そして気持もよくなるのである。四国の八十八ヵ所めぐりが心身によい効果があるというのを信じるようになった。

友人が、浮かぬ顔をしているから、どうした、ときいたら、糖尿病になりかけていると医者にいわれたという。別に、しっかりした根拠があったわけではないが、なりかけの糖尿病は、散歩していれば自然に治る、と断言した。

友人は真正直な人で、ひとの言うことを信じる。それから、毎日、散歩をしたらしい。すると、半年後には、正常にもどっていたという。それから四十年、この友人は散歩を欠かさない。近所だから、ときたま道で出会うが、おかげで元気だという。

近所に元銀行家が住んでいて、こちらが歩いているのを見て、自分も歩いてみたくなったのであろう。万歩計を買ってきて、貸借対照表みたいなものをこしらえて歩き出した。

一万歩以上歩いた日は、黒字何歩となるが、足りなかった日は、それだけ赤字にする。これを毎日、つけているのは楽しみだといっていたが、毎月赤字で、そのうちに累積赤字が数万歩になって再建不能というので、破綻してしまった。

そのアイディアはおもしろいと思った。なにか工夫しないと、つづけられないのがウォーキングである。

ついでだが、散歩ということばがどうも気に入らない。いかにも、ぶらぶら、しどけない感じがする。歩く、でもいいが、ちょっと、舌足らずである。

ウォークは散歩のもとになった語だろうが、歩くと同様、すわりがわるい。ウォーキングということもあるが、すこし長すぎるきらいがある。結局、歩く、か。

私が本気になって、歩くようになったのは、六十歳をこえたころからである。若いころは夜、寝る前の一時間くらい、あちこち歩きまわった。挙動不審と見えるらしくそれとなくパトカーにつけられたことが何度もある。それより目が悪いから、段差があぶない。つまずいたり、電柱にぶつかりかけたり……。

あるとき、歩くのは朝にしようと決心した。そして、近所のゴミゴミしたところではなく、浩然の気を養えるところで歩きたい、と思って、皇居のまわりを一周しようときめた。

見晴らしはいいし、交差点もない。快適な遊歩道ができている。俗界をはなれて仙境に遊んでいるような気がする。ただ、うちから、はなれている。ずっと歩いて、一周してくるのでは半日はかかる。とても毎日つづけるわけにはいかない。

そこで一計を思いついた。

自宅の近くの地下鉄茗荷谷駅から、大手町までの六ヵ月定期券を買う。これなら皇居一周の散歩ができるのである。六ヵ月定期は三万何千円もするが、これが役に立つ。

根がケチにできているから、定期を買えば、乗らなくては損だと思う。日曜、休日はもちろん、雨風をいとわない。せっせと定期を活用する。風や雨がひどいときは、地下鉄の地下道へ入る。京葉線東京駅から大手町駅を経て、日比谷公園まで、地下道がつづいている。ほぼ一・五キロくらいはあろう。どしゃぶりであろうと地下道は乾いていて気持ちがいい。暑いときも寒いときも、空調がきいていて快適である。

毎日、休まずに歩けるのは、ひとつは定期券のせいである。そう思えば決して高くない。サラリーマンだって、週に五日しか使わないのはもったいないではないか。

朝、五時五十四分の電車にのると、大手町へは六時三分につく。地上へ出て、桜田門をくぐって警視庁を横にみて、三宅坂をゆっくりのぼる。右手の壕をへだてて濃い碧につつまれた皇居はいつも静かである。

人通りはすくない。かつてはマラソン選手にすれちがうこともあった。外国人はジョギングが多いが、歩いている人は、たいてい、何かいう。「モーニング」だったり「やあ」だったり、おぼえたての「おはようございます」だったり、愛嬌がある。

ずっと朝日を浴びる。夏の暑いときは、閉口だが、まず、年中、やわらかな朝陽の中を歩く。気分爽快である。あるとき、テレビでドクターの、朝日を浴びるのが健康にすこぶるよい、という話をきいて、だれからも教えられないで、いいことをしていたのだと、意を強くした。

近くに人がいないとわかると、うたを歌う。軍隊でも行軍をするときは、うたいながら歩いた。行進曲、マーチというのはもともと歩きながらうたうものなのである。

いちばん気に入っているのは、「愛国行進曲」。

見よ東海の空明けて
旭日高く輝けば
天地の正気溌溂と
希望はおどる大八洲
おお清朗の朝雲に
そびゆる富士の姿こそ
金甌無欠ゆるぎなき
わが日本の誇りなれ

私は小学生のとき、この歌をうたった。なつかしく、何となく元気がわいてくるような気になるから不思議である。
こどものころを思い出すと、「ふるさと」である。三番まで全部うたう。

うさぎ追いしかの山
小ぶな釣りしかの川
夢はいまもめぐりて
忘れがたき　ふるさと

いかにいます父母
つつがなしや友垣
雨に風につけても
思いいずる　ふるさと

志をはたして
いつの日にか帰らん
山は青き　ふるさと

水はきよき　ふるさと

「志をはたして……」というところへ来ると、ちょっぴり、ホロ苦いものを感じる。だいたい志など立てたことがなかったし……。

そういうセンチメンタルな気分を吹きとばしてくれるのが、「われは海の子」で、これも愛誦歌のひとつである。

われは海の子　白波の
さわぐ磯辺の松原に
煙たなびく　とまやこそ
わがなつかしき住みかなれ

生まれて潮にゆあみして
波を子守の歌ときき

千里寄せくる海の気を
吸いてわらべとなりにけり

私は海辺の町で育ったから、「千里寄せくる海の気を／吸いてわらべとなりにけり」というところへ来ると、おのずと胸の高まりを覚える。元気もわいてくる。

これも医師のいったことだが、散歩中にうたをうたうのが、たいへん心身に好影響があるそうだ。そういわれてはじめたことではないから、そういう権威づけをしてもらうのは愉快である。

最大の趣味はウォーキングである。会った人から

「いまも歩いていますか」

ときかれる。

「歩いています」

と答える。それで、元気なのだと、自分では思っている。

おしゃれをする

若いころはひどい恰好をしていた、らしい。知らない人はだれも学校の教師だとは思わない。家族のものでさえ、まるで浮浪者のようだといった。

私は、ひとがどう思おうと平気だった。頭髪を刈りに行くのがきらいで、のびのびになって、ボウボウ髪になっていたが、くしけずる、ということをしたことがなかった。しかし、学生はやさしい。ベートーベンという綽名をつけた。そういわれて、満更でもない気分であった。

変化がおこったのは、還暦をこえたころからであろうか。辺幅を飾る、というが、そんなのではない。ただ、みっともない恰好は人に不愉快な思いをさせて、いけないことだとやっと気付いたのである。

りっぱな皮ケースに入った櫛(くし)を持ち歩くようになった。外では、ごく小さな手鏡をとり出して、髪をくしけずる。かつてを知る人が見たらびっくりしただろう。

しきりに老醜を気にし出した。本人は気がつかないが、老人には老臭がある。まわりが迷惑するからといって、香水を買って、ふりかけた。かえって、その方が臭い、と家人に笑われて、男性化粧水をさがしてきて使うようになる。外出するときは、それをよくふりかける。これなら人の傍へ行っても大丈夫だと思うと、心が落ち着くのである。

もともと眼鏡が大嫌いで、かなり近視が進むまでかけないで頑張った。どうにもしようがなくなって、かけた眼鏡はロイドめがねである。そのころでも、もう時代おくれになりかけていたのを、それから六十年も同じようなのをかけて、丸メガネと陰でいわれていたとあとで知る。

化粧水を使うようになって、こんな眼鏡ではいけない。眼鏡は顔の一部だから変なものをぶら下げていてはおかしい。そう思ったから、ドイツ製の高級なフレームにかえた。おかげで、イメージが変ったらしい。たかがフレームくらいといってはいられないのだということを知って、ひそかに、おしゃれに興味をもつようになる。

若いときは、同じネクタイを何ヵ月もつけて気にしなかったが、やはり、これではいけないと、ネクタイを買いはじめる。買ってみると、おもしろいから、どんどんふえる。せっかく買ったのに使わないのは、もったいないが、一度に一本しか使えないから、毎日のようにネクタイを替える。

しかし、たまにしかほめてくれる人がなくて、ネクタイというものは張り合いのないものである。たまりにたまって、始末に困ったから、いつだったか、百本くらいゴミに出してしまってさっぱりした。

それで、また新しいネクタイを買い出した。男のぜいたくとして、まことに手ごろである。

＊

田舎の貧しいところで育ったこともあって、うまいものを口にしたことがなかった。長い間、いちばんうまいものは、屋台のラーメンだと本気で思っていたくらいである。その後、さすがに世の中には本当にうまいものがあるということがわかってきたが、高い金を出してまで食べる気がしなかった。

あるとき、これではいかにもわびしく、うまいものを食べるのも、ひとつの経験である、ありきたりのもので満足しているのではいかにもあわれであると思った。

ときには、さぞ高かろうと遠かろうと、高級な店へ足をはこぶようになる。本当においしいと思うことはめったにないけれども、なんとなく心豊かになったような気がする。ぜいたくの余徳というものか。

人をつれて食事をするのは、ひとりよりはるかにたのしい。前にも書いたことだが、ごちそうするのであればこちらがホースト、つまり主だから、満足も大きい。用もないのに、わけもなく、人を引っぱり出して、食事をするようになる。これも男のおしゃれのひとつかもしれないと考える。気のおけない人と、四方山の話をしながら食事をするのは、大きな喜びで、年をとったら、なるべく、その機会をふやしたい。

心にもおしゃれをさせなくてはいけない。

趣味をひろげた。これまで、絵画を本当に美しいと思ったことがなかったが、その貧しさがかえりみられると淋しくなった。一度も足をはこんだことのなかった友人の展覧会へ行く。ときには、ムリをして、作品を買うこともある。

音楽についても、まったく教養がないが、これでは人間として恥ずかしいから、というので、音楽会へも行く。来てよかった、というようなことは、ほとんどないけれども、ムリをして行く。自分を飾っているのだと思うが、別にいやな気はしない。

昔、商売で成功した人が隠居をすると、書画骨董にこり始める、ときまっていたものだが、あれも一種の老人のおしゃれであると思うことができるようになった。

おしゃれは人に見てもらいたくてするのが普通だが、通人は、人に知られないおしゃれをよしとする。衣服でも、表を飾るより、裏地に金をかけるのが粋である。老人は通人でなくても、そうしなくてはいけない。人の見ていないところでおしゃれをするのがよい。

そのひとつが、財布の中身である。もちろん、財布そのものも、すこし分不相応なものをもっていたい。長い間、ワニ皮の財布を愛用していた。それを胸ポケットに入れているとなんとなくいい気分になる。

ただし、人の目に触れないようにするのは難しい。目をつけられたのであろう。スラれてしまったが、スラれるような財布をもっていたのは悪いことではない。

財布は人にスラれるためにもっているものではない。札入れだから、金を入れる。賢い人は、あまり金を持ち歩かないらしい。スラれたり落したりすると面倒である。

私はちょっとちがう考えをする。いざというときに、ひょっとして入用になるかもしれない。ほしいものがあったとき、金の持ち合わせがなくて、あきらめるというのではつまらない。緊急のことで、金を必要とする人がいたら、用立てることもできる。

そういうことをおもんぱかって、いつも、月給の半分くらいを財布に入れてきた。これは恩師のまねで始めたことで、先生といっしょに出かけたときなど、支払いをされる先生の手許を見ていると、どう見ても、二十万円くらい、もっておられる。一万円札が一枚あれば、たいていは困らなかったころのことである。

それでなくても尊敬していた恩師であるが、こともなげに大金を持ち歩かれているのを知っていっそうその気持ちを深めた。

そんなわけで先生のまねで始めたことだが、何十年もしたいまでは、すっかり板についている。いつか仲間と会をしたとき、夏だったからズボンの財布がすべり落ちた。

あと片付けをしていた友人が見つけてもって来てくれたが、大金が入っているのでおどろいたという。こちらが何でもないような顔をして受けとった、というので、私は金持ちだという話になってひろまってしまい、困った。

おしゃれは、ときにこういうバツのわるいこともあるが、老人をいきいきさせる効果はある。

「雑談」が健康を生む

人間の楽しみはいろいろあるが、案外、いちばん楽しいのは、おしゃべりではないか。二人でもいいが、できれば数人がよい。昔から井戸端会議とからかわれる女性のおしゃべりも、楽しいから栄えたのであろう。

ところが、年をとってくると、自然に、口をきくことがすくなくなる。うちにいて家族と顔を合わせていては、いまさら、いうべきことはなにもないような気がする。妻の方は、夫をうとましく思い、粗大ゴミ扱いをし、自分は適当に友だちをつくって、おしゃべりを楽しむ。

だまっている夫は、刺激がないから、頭が不活発になる。それがすすむとボケる、といっては、このごろいけないらしい、認知症になってしまう。もっとも本人は、なにもわからなくなるのだから、気が楽かもしれない。ハタが迷惑するのは勝手だとすれば、知らぬが仏になるのもわるくないが、いかにも、かっこうがよくない。

スタイリッシュ・エイジングを目ざすには、なんとしても頭の老化は避けなくてはならない。

昔の人は〝バカにつけるクスリはない〟とひどいことをいった。いまだって、頭につけるクスリがあるわけではないが、頭を活性化させることはできないことはない。

それには、まず、なにより、おしゃべりしなくてはならない。

昔の話を思い出す。二百年以上も前の古い話だが、イギリスのバーミンガムに月光会（ルナー・ソサエティ）というのがあった。進化論で有名なチャールズ・ダーウィンの祖父、名医のほまれ高かったエラズマス・ダーウィンを中心に、化学者、牧師、技術者など数名が、毎月、満月の頃に集まって、談論風発、存分にしゃべりまくった。

それがただのおしゃべりで終わらず、そこでの話がきっかけ、ヒントになって、大発明、大発見が続出したのである。ジェイムズ・ワットの蒸気機関も月光会での談話がインスピレーションを呼びこんだのだと伝えられる。酸素を発見したプリーストリーという学者もメンバーだった。

アメリカでは、百年近く前に、ハーバード大学の名誉総長がはじめた、ソサエティ・オブ・フェローズというクラブが有名である。

各学部・各学科から優秀な大学院生、助手などを選んで、毎週、ランチョン・パーティがひらかれた。総長主催で、とびきり上等のワインが出た。そこの雑談が新しい学問を芽生えさせ、育てた。やがてハーバード大学全体の学問的水準を全米一にしたのである。すばらしい創造性、すくなくともその種子がおしゃべりの中にあったらしい。

まだ、三十歳にならないころ、私は、国文学をしている友人と、中国文学を専攻している同級生を誘って、三人会をつくった。

日曜日に、三人のだれかの家を会場にして集まる。家人に迷惑をかけないために、出前の寿司をとって昼食にし、午前十時ごろから、夕方まで、しゃべり合うのである。めいめい専門が違うから、遠慮はいらない。思ったことを存分に話す。ときには、思ってもいなかったことまで、その場のはずみで、口から飛び出したりする。小学校から十何年勉強してきて、こんなにおもしろい、たのしい勉強をしたことは一度もなかった。

かりそめの思いつきで始めた三人会は、それから三十年近く続いて、三人の仕事に大きな影響を与えた。

すでにふたりともあの世へ行ってしまい、残るは私ひとりとなった。そこで、歓談の会を新しく作らなくてはいけないと考えた。

たまたま、はじめの大学で教えた学生たちが、還暦になるというので、とくに親しくしている六名をえらんで、勉強会を発足させた。

メンバーのひとりの勤めている大学の研究室を拝借する。当番になったもののが短い発表をする。それについて質疑、そして、脱線した雑談になるところで、どこか近くの居酒屋へ流れ込んで、純然たるおしゃべりになる。まっとうな勉強会ではないが、それがたのしいのである。

次の月は、別のスピーカーが、前の話に、つかずはなれずの話をしようではないか、というので、「連談の会」という名をつけた。俳諧の、句をつらねていく連句というものにあやかろうというのであって、句をつらねる代りに雑談をつらねるという趣向で、はなはだ、しゃれた名前であるが、発表のところはあまり気勢があがらない。連談をつづけさせているのはあとの酒食のたのしさである。だいたい話というものは、ものを食べながらきいたときもっともたのしく、おもしろくなるもののようである。

もっとおもしろくなるかと期待していただけに、うまく行かないのが不思議だった。いろいろ考えてみて、原因がはっきりした。

全員が同じ外国文学を仕事にしている人間たちであることが、そのひとつ。同業者同士の話はいろいろ気を使うことが多く、たのしくなることが難しい。

遠慮がある。のびのびと羽をのばすことが難しい。何とない警戒心も、無意識にはたらいているかもしれない。

もうひとついけないのは、会のメンバーがかつての教師と学生という関係にあることだ。別に教師風を吹かしているつもりはないが、旧学生としてみれば、仲間というわけにはいかない。思ったことを思ったとおりにいいかねる。そういう会がおもしろくなるのは困難である。あとの酒食でかろうじて生気をおびる。

それにつけても感心するのは、ロータリー・クラブである。くわしいことは知らないけれども、ロータリー・クラブのひとつの支部には同業者は原則としていない組織になっているらしい。パン屋のいる支部で、別のパン屋の主人が加入することはできない。どうしてもというのであれば、新しい支部をつくるほかない。

ロータリー・クラブは毎月、例会をして、会員は欠席しない。旅行中は、旅先の支部の例会に出席するほどである。

やはり、会がおもしろいからである。それには同業者がいないという心安さが大きく作用している。人間には、鳥なき里のコウモリになるのをよろこぶ本能のようなものがあるのかもしれない。

そこで、私は、新しい雑談会を始めることにした。こんどは、同じ専門、仕事の人は入れない。みんなこれまであまり関係のない人たちにしたいと考えた。そういう人をさがし出すのはたいへんで、ひとりでは手に余るから、知り合いに頼んで、半分はその人に選んでもらうことにした。

全体で八名、こちらが選んだメンバーは大学の教師が多いが、していることはみんなちがう。退職した人を大事にする。

参加をよびかける手紙には、めいめいの意見、アイディアを出し合って、それをタネに雑談するというだけの会ということにしたが、本当は、頭をよくする、いい考えを生み出し交流させるという本音を書きたかったのを、我慢した。

会の名前をどうつけるか。それを考えるのも一興である。

はじめはワイワイおしゃべりをするという意味で、ＹＹクラブにしたらと考えた。Ｙが二つあればトゥ・ワイズ（Two Y's）。これはまた、あまりにも賢い、というトゥ・ワイズ（too wise）に通じるところがミソである。

しかし、しばらくすると、ＹＹ（トゥ・ワイズ）が嫌みに感じられ出す。

そこで、思い切って、賢人クラブにしたらと思ったが、これでは、いかにもあからさまで、もうすこしおだやかな名前がほしい。

この会は三人よれば文殊の知恵ということを目ざしているのだから、文殊ということばを使いたいが、それを表に出すのはまずい。というので、モンジュールということばを思いつく。「文殊る」というのは、文殊のようなことをするということばだとする。それをフランス語のボンジュールにひっかけると、モンジュール（mon jour）となるのだ。

こういうバカげたことを考えるのが、けっこう楽しい。そういう楽しみがあれば、頭は老い込んだりしないだろうとわれわれはひそかに願っている。

眠りは、王者の楽しみ

世の中に寝るほど楽（らく）はなかりけり。昔の人がよくそういったが、これはただ、寝ればラクだというのではない。とにかく眠ることが人間にとって最大の楽しみだとするのであろう。楽は、体がラクだということだけではなく、心の楽しみでもある。

シェイクスピアの「あらし」という戯曲は、作者最晩年の作品であるが、作中人物が、あちこちで眠い、眠りたいといっている。

主人公のプロスペローのところへ行こうとしている人たちが、「そういえば、あの方は、いまは、ひる寝の時間だ」というところがある。

いまは孤島に流寓の身のプロスペローだが、午睡を日課としていたことがわかる。ひる寝は王侯の楽しみだったのだ。下々のものは、そんなぜいたくは許されないが、自由のきく身分であれば、ひとの働いているときに眠ることが許される。

第二次大戦中、イギリスの宰相はウィンストン・チャーチルだった。王者ではないが、まず、王者のようなものである。午睡の習慣があって、午後の早い時間に寝た。イギリス政府の閣議は、伝統的に、午後一時からときまっていて、変わることがなかったけれども、大将がお休みではいかんともすることができない。閣議の時間を繰り下げて、首相のお目覚めを待ったという。さすがにごうぎなものだ。

アメリカのカーター大統領も、ひる寝をした。そして、夜おそくまで執務する。まわりのものはひる寝しないのだから、付き合いきれない。カーター・シフト、つまり、早番と遅番をこしらえ、二交代で、ご主人に仕えたといわれる。王者の快楽は多少、はた迷惑なものだが、それだけに、羨ましい。

いつか、ある経済雑誌が、日本の代表的企業の社長を取材したことがあった。記者がいちばんおもしろいと思ったのは、多くの社長が、ひるの間に、仮眠をとる習慣をもっているということであった。

社長の特権のひとつかもしれない。いくら実力者でも、専務や常務ではまねができない。社員がそんなことをきいたら、たいへんである。社長といえども、おしのびの午睡、ということになるが、それで活力がわくのだったら会社のためになる。

タクシーの運転手が、夏の暑いひる下がり、木蔭にクルマを止めて、クーラーをかけてひる寝する。あれは職業的な休憩であるが、シエスタであり、いくらかは、王者の楽しみに似ていなくもない。

私は、四十歳くらいのときから、うちに居られる日は、ひる寝をした。プロスペローが午睡すると知って、たいへんうれしかった。調子にのって、あるところへ、ひる寝はたのし、という文章を書いたところ、怠けないでせっせと働けという抗議のハガキをもらい、オヤオヤと思ったことがある。王者の楽しみを解しないあわれな人間である。

年をとって自適の身分となれば、時間に関しては王侯貴族と違うところもない。だれひとり迷惑をする人もないから、堂々と寝る。宮仕えしない身の最大のたのしみだといってよい。

電話がかかってくると鳳眠を妨げるから、鳴ってもきこえない部屋の子機へ切り替えておく。お宅は、いつかけても、お留守だといわれるが、こちらの寝ている時間にかけるからである。それくらいの不便、不都合には目をつむって、王者の楽しみを味わうのが、元気な老人の生きがいだと勝手に割り切っている。

＊

午睡をするには早起きしないといけない。いくらすることがないからといって、朝の九時まで寝ていて、食事をしたら十時、というようでは、ひる寝のしようがない。

さいわい、年寄りは、いくら寝ていようと思っても、朝早く目がさめてしまう。三時などという時間に目がさめると、問題だから、老人になったら、適当に朝寝坊になるのには努力が必要になるかもしれない。

七十五、六歳のときから、早寝を心がけやがて習慣にした。いまは、八時になったら寝る仕度をする。テレビが何をやっても見ない。家のものが、あまり寝すぎると、ボケる、などとおどしたりするが、相手にしない。

イギリスの詩人で、「宝島」という世界的名作を書いた、R・L・スティーブンソンに「八時の時計」という幼年詩がある。その中に

わたしが大人になったなら
八という字のない時計をつくりたい

という一節がある。かつてのイギリスのこどもは、八時になると、有無をい

わさず寝かされてしまった。まだ外が明るく、通りを大人が歩いているのに、八時になったら、寝なくてはならないのが、うらめしい、というのである。

電灯で夜が明るくなった現在、八時に寝るなど正気の沙汰ではないように思われるが、人間は、もともと、日没とともに寝るようになっていたはずである。文明が、そういう自然をこわしてしまった。

年をとったら、もう一度こどもにかえり、自然にしたがって、八時には床に入るというのが健康である。

聞くところによると、人間の体は夜は寝るようにできていて、午後十時をすぎるころから血圧が下がるのが正常だという。その前に眠りに入っているのが体のためによい。

夜ふかしは体にひどい負担をかけているのだということを忘れてはいけない。いのちを粗末にする若者なら深夜をたのしむのも自由だが、老人は、自然の理に従って、眠りを楽しむのが賢明である。

＊

早起きは三文の徳、ということわざがある。辞書を見ると、「早起きすれば、なんらかの利益がある」と出ている。なんらかの利益くらいで、早起きはいやだという人間もいるだろう。この辞書の原稿を書いた人はおそらく夜おそくまで仕事をしていて、早起きのご利益にあずかったことがないから、こんなあやふやな定義をしたのだろう。

早起きは三文どころかたいへんな価値がある。

まず、気分がいい。血のめぐりがよい。頭がすっきりしているから、仕事をすれば、やっかいなことでも朝飯前になる。一日のうちで、いちばん頭が冴えているのは早朝である。

朝の食事がうまくなるのも一得だという人もあるが、朝食は早起きではなくてもうまい。うまくなかったらどこかがわるいのである。

夕方になると疲れる人でも、朝日を浴びればアクビなどはしない。散歩したり体操したりを、朝にするのも、朝の徳である。

いちばん大きなのは、人間がよくなっていることだ。人間は一日中、同じ人間であることは難しい。朝は清々しい、明るい心をもっていても、人に会ったり、仕事をしたりしているうちに、だんだん摩滅し、ザラザラしてくる。夜は相当に悪い人間になっている。それを快眠によって修復するから、朝はまた、はつらつたる人間になるのである。

「おはようございます」

というのはGood morning「よい朝」である。朝がよいのではなく、朝の気持ち、心地がよいのである。天候の悪い日でも、グッド・モーニングになる。熟睡したあとの早起きは人間をよくしてくれる。一日のうちでいちばんいい人間であるのは朝のうちである。

中国の昔、役所は、日の出とともに開門、仕事を始めた。それで朝廷ということばが生まれたという説がある。早朝の役所は役人も住民も、もっともいい人間になっているから、行政的にも理にかなっていることになる。

老人は朝に生きる。朝なら若いものに負けない。夜はさっさと寝るにかぎる。

いい年をしているくせに、若者向けのテレビ番組にウツツを抜かし、遅くまで起きているのは愚の骨頂である。さっさと寝てしまうことだ。そうすれば、いやでも早起きになる。そして、ひる寝もする。まさに楽園の暮らしである。老人でなければ、できないことで、感謝すべきだろう。

熟睡、快眠はとりわけ健康によい。睡眠不足は生活習慣病の引き金になることを、なぜ医学はもっといわないのか。

病気になると、だれでも、寝る。立ったまま治療する人はいない。寝れば、自然治癒の力で、ちょっとした不調は、治ってしまう。

私は若いときから、喘息の持病があって、たえず寝込んでいた。寝ていてもよく眠れないと、かならず症状が悪化する。そういうことをくりかえしていて、到達したのが

ネムリはクスリ

というモットーであり

クスリよりネムリ

ということばもある。

良薬は口に苦し、というけれども、王者の楽しみ、眠りという妙薬は、苦いどころか、はなはだ甘美である。

老人はふたたび幼児に戻ったようなところがある。赤ん坊は、一日に何度も眠っている。老人も、それにならって、なにがなんでも眠らないといけない。

すてる

年寄りは何でも、保存しようとする。すててはもったいないというが、実は、所有欲の未練にすぎない。

デパートの包み紙のしわをのばして積み重ね、高くなっていくのを満足げにながめる。包みの紐を解いてひもをマリにしてしまっておく。それが大きくなっていくのを楽しみにしている。

万事この調子だから、ガラクタがどんどんふえる。昔、力のある人は、土蔵をつくって収納したが、いまの住居は手狭だから、よけいなものをため込んでは、人間のいるところがなくなる。しかたがなくなって、トランクルームを借りたという人さえある。

モノだけではない。仕事や役職も、いつまでもやめない。多少いやなことがあっても、がまんして、つながっていようと考え、まわりからいやがられる。

年をとったら、よほどのことがない限り、仕事や地位にしがみつかないことである。やめてほしいといわれるまえに、思い切ってさっさとやめてしまうのである。

仕事がしたかったら、新しい仕事を見つける。見つからなければ、つくるのである。それが老人の元気のもとになる。

旧い友人から、挨拶状が届いた。何十年とかかって集めた蔵書を、どことかの市に引受けてもらって、記念館に収蔵されることになったというのを、いかにもうれしそうに書いてよこした。

このごろ、蔵書の始末に困っている老人がすくなくない。

かつては、まとめて、買いとってくれる大学などがあったが、だんだんそういうところがすくなくなってきた。

図書館などへ寄贈しようと思っても、たいていは断られる。本があふれていて、これ以上は入れ場がない、というのである。

さきの友人が、市が受け入れてくれたのを喜ぶのは、そういうわけで、もっともなことである。しかし、私は、その友人の心事に同じない。寄贈しただけのことで、どうしてそんなにまでよろこぶのか、と意地の悪いことを考える。

こちらは戦争中に英学生だった身である。アメリカ、イギリスを相手に戦争をしているのだから、向こうの本など入ってくるわけがない。ほしい本があると、血眼になって古本屋をまわる。やっと見つけた本が、途方もない高値でも何とか工面して、手に入れた。買ってきた洋書を枕もとにおく。夜中、目をさまして、手をのばす。たしかにその本があるので、安心してまた眠る、といったこともあった。

そして、身分不相応なほど本を買い集めた。小さな書斎では入りきれないから、別に書庫を建て増して、そこへせっせと入れた。いっぱいになった書棚を眺めやって、いい気分だった。

あとになって考えたことだが、大金を出してさして価値のあるとも思えない本を収納する書庫などを作るより、あふれた本は、さっさと処分したり、売り払えばよかった……。

しかし、苦労して買った本である。古本屋に二束三文に買いたたかれてはたまらないという気持ちがあった。何としても売るのはいやだ。ひとに貸した本でも、戻ってこないと、心にかかる。なかなか返さない人には催促したこともある。いつまでも本を手ばなしたくない気持ちはつよかった。

心境に変化を来したのは、七十歳をこえてからである。

売るのはいやだが、もらってくれる人があればやってもよい。ところが、さきにのべたように、本をもらってくれるところがない。人もいない。どうすればいいのか。きまっている。

すてるのである。

もったいないと、ひとはいうかもしれない。かつてなけなしの金で買った本である。愛着のあるものがすくなくない。いくら処置に困るとはいえ、すてる、というのは、どうも、おだやかではない。そう思う心はある。

しばらくは、実行をためらったが、やがて決心がついた。もったいないか、惜しいか、それは別として、本をむやみにありがたがるのは、一種の迷信である。何千冊の本をもっていても、本当に自分の心の糧になった本は十にも満たない。あとはガラクタであったと思うと、すてるのは、古新聞をすてるのとあまり変わったところがないことになる。

分別ゴミに、資源ゴミというのがある。リサイクルのきくゴミということで、本はこれに当たる。十冊ずつしばって、角の集積所へもっていく。

何回かしていると、どこからかだれかが来て、そのうちの何冊かをもっていくらしい。すてたものだから、だれがもっていこうと構わないが、くくってあった紐を切って、いらない本を散乱させてある。

カラスが生ごみをあさって袋をやぶり、ごみを散らし、たいへんきたなくなった。それで網をかけることを思いついた。おかげでカラスは来なくなった。本をねらうカラス人間は網がかけてあっても、引っぱり出して散らかす。

これはいけないと、ゴミに出すのをやめた。もう忘れたころ、こんどは大きな紙袋へ本を入れ、上に紙くずをおく。そうすると本とはわからないらしく、カラス人間の目をごまかすことができる。

しかし、毎回では気どられるおそれがあるから、ときどき出す。すてるのもなかなか楽ではない。

ひとが価値のあると思っているものを、惜し気もなくすてるのはいい気持ちである。ぜいたくな散財をしているのとはもちろん違うけれども、不思議な快感がある。

秦の始皇帝は本を焼く焚書（ふんしょ）をしたというので史上、悪名を流したが、気に入らない本を焼きすてたのは、さぞ痛快であっただろうとけしからんことを考える。

始皇帝が、かりに本を大事にして学問を奨励したとしても、とても後世に雷名をとどろかすことはできなかったに違いない。

どんどん忘れる

われわれはこどものときから、忘れてはいけない、忘れるな、といわれてきている。忘れるのは頭が悪いからで、試験でも点がとれない。それでいつしか、忘却恐怖症にかかってしまうのである。

そして、年をとると、とにかくよくもの忘れをするようになる。これは頭が悪くなってきた証拠だと思って自信を失う。

それに追い打ちをかけるように、老化のはじまりだ、ボケ出した、とまわりがいうものだから、本人もだめだと思い込んでしまう。そして、本当に、老化してしまうということになる。

ハタのものに、そういう年寄りを傷つけるようなことをいわないように、しつけなくてはいけないが、このごろのように敬老ではなく軽老の時代に、そんなことに耳をかすものはない。老人はあわれである。

私は、独自の考えをもって世の常識に対抗している。忘却、おそるるに足らず、むしろ健全な忘却は人生を豊かにするというのである。

世の中の人は、みんな忘却ということがよくわかっていないらしい。だいたい都合の悪いことばかり、忘却のせいにするのは誤っているのである。

忘却はときにたいへん役に立つ。

不祥事をおこして、喚問を受けた証人たちは、口をそろえて、いう。都合の悪いことは、すべて

「記憶にございません」

である。出まかせにいっているのだと勘ぐる人が多いけれども、案外、本当に忘れて覚えていないのかもしれない。あまり悪いことをしない人間には、そのところの機微がわからないのである。

というのも、頭は、決してヤミクモ、メッタヤタラにものを忘れているのではないからである。

都合の悪いこと、いやなこと、忘れたいと思うことから忘れていく。小さいときから忘れるな、忘れるなといわれて育ったお互いである。忘れる努力をすることもないから、自然忘却のはたらきのあることなど知るよしもない。

夜、眠ってからおこるレム（REM）睡眠は忘却のはたらきをする。頭に入ってきたさまざまなものを有用なもの、無用、有害なものに分別し、いらない、いやなことは、ゴミとして、さっさと捨ててしまう。つまり、忘れる。

朝、起きたときの頭は清掃のあとのように清々しくさっぱりしている。もし、レム睡眠中の分別忘却作用が働かなくなれば、異常である。早寝早起きは、このレム睡眠を正常にはたらかせるためにも大事である。

ただ、覚えたことを忘れない、というのだったら、人間はコンピューターにとてもかなわない。

コンピューターは一度、記憶したことを決して忘れない。そういう記憶を羨しがる人もあるらしいが、人間というものがわかっていないのである。

人間は記憶するけれども、それをいつまでも、そのまま覚えているのではない。時とともに忘れていく。それだからこそ、頭はこわれないですんでいる。入れたばかりで捨てることをしなければ、頭はいっぱいになって、あふれ、こわれる。そうならないように、忘却作用が働くのである。その忘れ方も、機械的ではなく、価値によって分別し、不用、有害なものは、さっさと忘れる。

人間は、記憶の能率という点にかけては、とてもコンピューターに及ばないけれども、コンピューターには、人間のしているような選択的忘却といった高級な芸当は思いもよらない。

忘れることで、人間は、コンピューターに勝つことができる。適度の忘却ということは人間の幸福にとって欠かすことができない。

現代の人間は、忙しく、刺激で頭はいっぱいになる。そのまま、記憶を頭にため込んでいれば、頭の安全にかかわる危険がある。

サラリーマンが、折りにふれて仲間と居酒屋でいっぱいやり、気焔をあげるのも、ひとつの忘却活動であるといってよい。前後不覚、朝になってみると、ゆうべなにをどうしたかなど、きれいさっぱり忘れて、爽快だということも可能である。

休日があるのも、頭の掃除のため。うるさいことを忘れて、活力をとりもどすのに有効である。それが、一般にレクリエーションといわれる。そこで不用なことは忘れるのである。

若い人にも、ときどき、頭の大掃除が必要であるが、老人の頭は、いっそう、よごれやすい。それだけ、いやなことがたまりやすいのである。いやなことが頭にこびりついて離れないのは困ったものである。頭は大車輪で、忘れるようにがんばる。

のんきな人間は、そんなこととは知らずに、もの忘れがひどくなったとか、老化してきたなどという。そんなことをいわれては頭の立つ瀬がない。せっかく、頭の健康のために忘れているのに、頭が悪くなり衰えてきたようにいうのが恨めしい。

老人にとって、忘れることは健康なことである。

いやなことをいつまでも胸にかかえてぐじぐじしていれば、ストレスになり、元気を失い、老いを早める。どんどん忘れるのを、むしろ歓迎しなくてはならない。

もちろん、ただ、忘れればいいのでもない。忘れた分、たのしいこと、うれしいことで補充をする。記憶は、都合のいいこと、自分の利益になるようなことは、なかなか忘れないようになっている。どんな小さなことでも、ひとが見たらつまらないことでも、本人にとって、うれしいことは、まず忘れない。

同じようなお年寄りが会って、ひとりが、相手に、そのうちに、おいしいものをご馳走する、いっぱいやりましょう。そういう約束というほどのこともないが、話す。ひょっとするといった本人は、忘れるともなく忘れるかもしれないが、きいた方では、たいてい忘れない。いつまでたってもおごってくれないと、あいつはボケて忘れたと思う。

ご馳走するといった方は、あとで、いくらか責任で心が重くなるかもしれない。ほかに気の散ることでもあると、忘れるともなく忘れる。ご馳走するのは、ご馳走されるほどうれしくないから、先に忘れるのである。人の喜ぶようなことを言ったら、とくに忘れないように注意しないと、嘘つきと思われたり、ボケたかと疑われたりする。

それはともかく、老人は、忘れることを怖れてはいけない。もの忘れをしたら、頭は健康であると自信をもってもよい。ただ、忘れるばかりで、新しく、おもしろい、楽しいことを頭に入れてやらないと、本当に機能低下をおこすおそれがある。

なるべく、楽しいことを多くつくり、それを待つようにするのである。みんなから祝福を受けるような会合を自分で開くことは容易ではないが、誕生祝いなどは、ずいぶん前から、楽しみにして待つ。いついつが、その日だというのは決して忘れない。もし、それがわからなくなったら、いよいよ覚悟をしないといけない。

どんどん忘れ、どんどん新しいことを考える。人間の楽しみ、その中にあり。

忘却、またよからずや。

元気を出す方法

このごろ若い人たちが、よく
「元気をもらった」
という。もともと元気は、もらったりするものではない。出す、ものだと思う。出すには、まず元気をつくらなくてはいけない。
中国の昔、元気は、万物生成のもとの精気ということであった。すべてのものの元は元気というわけである。後になって、その活動による生々した状態、体でいえば健康なことを元気というようになる。その気を病むのが病気というわけだ。

マラソンを見ていて、熱くなり、乗り出したくなるようなときなどに、「元気をもらった」というのは、いかにも欲が深く、あさましい。ランナーが元気を出して走っているのは、見物に、元気を分け与えるためではない。見ている人間が勝手にもらったといっても、ちゃっかり頂戴するにすぎない。くれたのを、もらったのではない。

元気は自分の力で出すものだ。

出すには、元気がなくてはいけない。人間、はじめから元気があるのではなく、努力して元気をつくり出す。もらった元気は借りもので、自分のもの、本ものではない。

どうしたら元気をつくり出すことができるのか。いきいきと働き、仕事をし、なにごとにも力いっぱいにはげむ——そういう生活の中から元気が出てくる。モーターが動いて電気がおこるのに似ていなくもない。

じっとなにもしないでいては元気は出ない。とにかく活発に動くことである。規則正しい生活も元気のもとになる。不健康な生活では元気は出にくく病気になりやすい。

ただ動きまわるのではなく、目標をもって、そこへ向かって進んでいく。夢をもって、その達成に我を忘れてはげむ中から、おのずから活力がわいてくる。体も頭も使わないでいると、だんだん、衰えてきて、力を失う廃用性萎縮ということがある。

年をとった人が二十日も寝たきりの生活をしていると、脚の筋肉が落ちてしまって歩けなくなる、というようなのが廃用性萎縮である。元気はその反対、つまり、どんどん活動することによって生まれる、活力である。

健康体であれば、それなりの元気があるのだから、健康なのを元気だというのである。元気は自家発電のエネルギーが本体だが、ほかのものに刺激されて発電する元気もある。落ちこんでいるときに、激励のことばをかけられるのを、「元気づけられた」というのは、元気になるきっかけをもらったのである。元気を出すのは、本人だから、〝もらう〟というのは適当ではない。

芝居を見て涙を流すと、あとで元気が出る。喜劇を見るよりも悲劇を見たときの方が心が大きく動くのであろう。それだけ大きく元気づけられる。芸術、芸能にはそういう活性化の効用があることが、大昔から知られていたのは興味深い。

これは、いくらか差しさわりがあり、普通の人は、はばかって、口にしないけれども、かかわりのない他人の不幸は元気づけの力をもっていると考えていいようである。

それで追悼文などをせっせと読む。そして元気をつくっている。病気の人を見舞いにいくのは、ひとつには病人の快癒を願ってであるけれども、病気でない自分のありがたさに気付かせてくれたという、無意識ながらお礼の意味がこめられているのだという気がする。

ひとの不幸によって、元気になるのは、案外、すくなくないようである。

他人の不幸によって、ひそかに元気づくのは、自家発電の元気であるが、スポーツを見ていて元気が出るのは、他発的である。それを「元気をもらった」というのは、けしからんようにはじめにも書いたが、やはり、当たっているといってよいかもしれない。

元気をもらう先は、やはり、友だちがいちばんである。元気づけてくれる友は益友である。

『徒然草』の第百十七段で兼好法師は

よき友三つあり。一つには物くるる友、二つにはくすし、三つには知恵ある友。

と諭している。同感だが、しいていえば、知恵ある友はありがたくない。いまは人間より本の方が知恵があるし、知者と付き合っていると劣等感におちいりやすい。老人には、それが禁物で、お山の大将になることができない。

私は考える。友とするなら知恵の少々足らないものがよい。そして、何かにつけて、ほめてくれるのが最高の友である。われわれ凡人は、たとえ、口先だけのお世辞だとわかっていても、ほめられれば、うれしい。心が熱くなる。自信がわく。元気が出る。自分だって、すてたものではない。こうして認めてくれる人もいると思うだけで、元気がフツフツとわいてくるのである。

友人と力を競い合って、切磋琢磨するのが古来、のぞましいように言われてきたが、それは若いときのこと。年老いて、そんな競争をするのは上品だとはいえない。

傷ついていれば、いたわり、すぐれたところがあれば素直にたたえてくれる。それが老いてののぞましい友である。たいていの旧友はライバルで、ほめたりはしないから、新しく、ほめる友をつくる必要がある。これがなかなかの難事で、容易ではない。

私は、ほめてくれる友を求める前に、自分からほめるのを心掛けた。ほめられて怒る人はない。ほめたことがきっかけで親しくなるということがおこる。そうしてわずかながら、ほめてくれる友ができる。

できることなら、家族の中にほめてくれるものがいれば、人生の至福である。しかし、良妻賢母というのは、叱ることは好きだが、なかなか、人のよいところを称えるというようなことはしない。下手である。とくに年老いた夫婦になると、互いに「隣の花は赤い」と思うことが多く、目の前の人間をほめ合ったりするのは例外的である。

妻をめとらば、才たけて、見目うるわしく、情けあり……くちばしの黄色いうちは、本気になってそんなことを夢みるが、もっともよい配偶者は、ほめる雅量のある人である。そんなことが、若いときには、わからなくてもしかたがないが、何十年も生きてきたら、気がつかなくてはいけない。

人からほめられると、確実に、元気が出る。

ピグマリオン効果ということがある。いわばデタラメにでも、よくできた、よくできたと教師にいわれた生徒は、そのうちに、本当によくできるようになるというのである。ウソでもいいからほめると、ほめられたものは、元気を出してとび上がる。

山本五十六元帥の至言

シテミセテ
イッテキカセテ
サセテミテ
ホメテヤラネバ
ヒトハウゴカジ

ほめられると、人は元気を出す。ほめてくれる人がまわりにいるのは、老人にとって、何より幸福である。

第4章
緊張感をもって生きる

初心にかえる

停っている電車が発車する。ノロノロ走り出す。どうしてもっと速く走れないのか、とわけのわからない人間は不思議がるが、実は、あれで力いっぱいなのである。出だしのときにはおそろしく大きなエネルギーが必要だという。われわれは全速力で走るときこそ大きな力が必要のように思うが、始動に比べると、はるかに小さな動力でこと足りる。

電車だけではなく、動くものはすべて、動き出すときにもっとも大きなエネルギーが消費される。いったんはずみがつけば、比較的に小さな力で、スピードが出る。

文章に苦心する人はよく書き出しの難しさを口にする。夏目漱石は新聞小説の原稿を毎日のように書いたが、書き出しのために、原稿用紙を何枚も反古にしたといわれる。

私は学校で教えていたころ、卒業生に、研究同人雑誌をつくれとけしかけた。何度も、何度も、別々のグループに雑誌をつくるようにすすめた。応じない連中もあったが、たいていはスタートする。三号くらい出るころになると、私はもう、その雑誌のことに関心がなくなる。雑誌はおかしくなって、つぶれる。

三号雑誌をつくらされた若いものが、私のことを、「はじめは熱心だが、すぐ放り出してしまう」とかげで悪くいっていたらしい。

私は平気だった。とにかく始めるのに価値がある。できてしまえば、あとはなり行きにまかせればいい。

はじめに力を入れなければ、無用の雑誌など決してできるものではない。だから頼まれもしないのにいろいろ心配する。走り出したらもう推進役の出る幕はないから、ひっこむだけだ――そう考えて、私は心中、後輩の非難をやりすごした。

新しいものをつくる、始める、というのは、電車の出だしよりも大きな力が要り、したがって大変な苦労がある。しかし、その半面、ほかでは感じられない快感がある。初心というが、その純な気持は惰性で動いているときには決して生じない。スタートまでは積極性、希望などがまじりあって、充実した精神状態になる。創始のよろこびはそこにある。

始めるのもたいへんだが、終わるのも、たいへんでないことはない。あるものをつぶして心の痛まないことはないから、心弱きものは、いつまでもだらだら続けてのたれ死にするのを待つ。心強きものは、思い切って、結末をつける。そこにもまた、快感がある。

同人雑誌などが多く、三号で終わるのは、このはじめと終わりのたいへんなところだけを味わって消えてしまうようなもので、ぜいたくな話である。それだけにおもしろいのだと思うこともできる。

ひとつ終わったら、また、次の新しいことを始められる。そして初心にかえるのである。

＊

私はもともと、整理整頓が下手だが、それはしめくくりがうまくつかないということである。とにかくはじめる。ひろげる。そして、そのまま、次のことに関心が移ってしまう。始めあって終わりなく、散らかし放題である。

仕事や勉強、趣味についても同じように始めはするが、それをやりとげることができない。中途半端のところでほうり出して、つぎのことに移る。何ひとつものにならないのだが、自分では、たえず初心に立ちかえっているということだと思っている。

私は書道が好きである。小学校のときの担任の先生がその地方で有名な書家だったからである。

社会人になって、本式に書を学ぼうと、りっぱな先生についた。二年くらいすると、これはダメだと思って、やめてしまった。それから三十年して、またぞろ、書をやりたくなって、先生についた。これも三年と続かなかった。

根気がない、とひとはいうが、本人は、そのつど初心に立ちかえって学んだとすましている。

書道の稽古をやめたころ、焼きもの作りを始めた。はじめのうちの意気込みはたいへんなもので、朝から晩まで、ロクロ場にいるというような熱の入れかたで、先生から、その年ではロクロがひけるようになるのは難しいといわれたが、なんとか形のあるものができるようになった。

すると、不思議に、つまらなくなってしまった。うまくできないうちが花だったのである。三年もすると、土を手にしなくなった。いっしょにロクロをひき、窯をたいたずっと若い人たちがいまでは、作家になって、デパートで即売会などをひらいているのをみると、さすがに複雑な気持であるけれども、焼きものづくりを決してムダなことをしたとは思っていない。あれだけ夢中になったことは、人生において後にも先にもない。それだけでも大きな収穫であったと思っている。

陶芸をすてて、こんどはテニスを始めた。これも、はじめから、上手になろうという気持ちはなかったが、ただ、おもしろそうだからやってみようと思ったのである。テニスコートの傍を通るだけで、胸がおどるという経験は予想もしなかった。しかしこれも、長つづきしないで終わってしまう。

動くボールを打ち返すテニスはダメだったが、動かないボールなら打てるだろう、などと幼稚なことを考えてゴルフの練習を始めた。たちまち、夢中になって、毎日のように練習場へ通う。おもしろいと思って、コースへ出てみると、これがさっぱりおもしろくない。みんながスコアに目の色を変えている。こちらは、スコアどころではないから、妙な気がする。

ゴルフのおもしろさはわからずじまいに終わったが、やって損をしたとは思わない。はじめたころの気持ちは、たしかに、五年くらい若がえらせただろう。そう思って下手とすらいえないゴルフを振りかえる。

ゴルフに振られるとこんどは、囲碁を始めた。頭を刺激し、老化を防ぐのに、囲碁、将棋にまさるものはないと信じて、高段者の先生について稽古を始める。すこしずつわかってくるにつれて、いよいよおもしろくなる。たしかに頭の訓練になる。頭につけるクスリであると思った。

ところが、碁はひとりでは打てないのが難で、対手がいる。教室では、だれの相手になるかわからないが、その人が、あまりにも攻撃的であったりすると、いやな気がする。三回に一度は、あと味のわるい相手にぶつかる。頭にはよくても、心臓にはよくない。そう考えて、やめてしまった。しかし、碁をしたことを後悔してはいない。それどころか、はじめのころのはりつめた気持ちを貴いものといまも考えている。

＊

六十の手習い、ということばがある。いまよりずっと平均寿命の短かったときのことだから、六十といえばたいへんな高齢である。

その年になって、新しい勉強や稽古ごとを始めるのが、六十の手習いで、晩学ということだが、晩学なり難しという成句があるくらいだから、六十の手習いは、愚かな努力だという含みをもっている。しかし、私はそうは考えない。

六十にして、新しいことを始めるのは、たいへん難しい。してみても、うまくいかないだろう。それを承知で、あえて手習いを始めるのは、老人の壮志である。そして、それによってその人は若々しくなる。つまり、これは老いた人たちの意欲を讃えたことばだと考える。六十の手習い、大いに結構である。かりに晩学なり難し、でロクなことはできなくても、なにもしないでいるよりどれくらいよいかわからない。

新しいことを始めるのは、たいへんである。そのたいへんに挑むことは若いときならともかく、年をとっては、うとましい、いやである。いまさら、この年で、恥をかくこともない。君子危うきに近寄らず、などとうそぶいて、日向ぼっこなどをする。

昔は早く亡くなったから、頭を遊ばせておいても、おかしくなるまえにお迎えが来た。

ところが、いまは、六十になっても、まず、もう二十年は生きる覚悟がいる。消極的に、年寄りの冷や水を敬遠していれば、体は生きているのに、心と頭がお休みになってしまう。さきにも引き合いに出したが、佐藤一斎の「老いて学べば、則ち死して朽ちず」の精神で生きなくてはいけない。

とにかく、新しいことを始める。上手になりたいと思っても悪いことはないが、要は新しいことを始める困難さを経験するところに価値がある。それで、頭も心も、そして体も緊張して力を出し、活発に動くようになると考える。

上達すればそれは余禄である。下手なままで終わってよいどころか、なまじ上手になっては困るくらいである。熟練してくると、未熟なうちのような刺激を与えないから、精神活性化の作用も衰えている。上手になる前にやめて、新しい別のことを始めて、初心に戻る。

器用貧乏ということばもある。なんでもやるくせに、なにひとつ徹底せず、熟練に達しない、大成しないということだが、いろいろなことをするのは、器用だからではない、進取の気性に富んでいるからで、つぎつぎ、新しいことを試みる、そのたびに、年を忘れ、年を逆にとるようになる。

そうだとすれば、熟練、練達の域に達するまで、ひと筋につらなっているのはあまり賢明ではない。アブハチとらずを怖れず、つぎつぎ、食いかけをこしらえて生きていくのが老人の心意気である。

初心にかえるには、新しいことを始めなくてはならない。初心を養えば、老いて老いることはないかもしれない。

期待に生きる

北欧のノルウェイで、おもしろい調査が行われた。

中年のサラリーマン二〇〇〇人を集める。それを二つのグループに分けて、一〇〇〇人ずつにする。

一方のグループにはまったく何もいわず、何もせず、そのままにしておいた。他方のグループには何人もの医師をつけて、定期的に健康のアドバイス、診察を行った。

医者つきのグループの方が、健康になるだろうと想像するが、実際は、おどろくべきことといってもよい、その逆であった。

二年後に、両グループの健康状態をチェックしたところ、医師からいろいろと注意を受けていたグループの方が、不健康で病気にかかっている人が多いという結果であった。

いかにも理屈に合わないようであるが、おそらく、医者のアドバイス、診察を受けることで、気に病んだり、落ち込んだりすることが、放っておかれたグループよりもずっと多かったと想像される。

たしかに早期発見すれば完治する病気がたくさんある。なるべく早く診察を受けるのが大切であるのは周知のところである。

ところが、医師のいうことを深刻に受けとめたり、それにこだわってくよくよするようだと、知らず知らずのうちに、ストレスを生じる。ストレスは免疫力や抵抗力を弱めるから、病気にかかりやすくなる。すくなくとも、神経質な人にその危険が大きい。

医師に見てもらわなければ、知らぬが仏、でいられる。すこしくらいの不調なら、それぞれのもっている自然治癒力で治ってしまうこともないではない。

専門家の注意を受けるのは、もちろん、よいことだが、それがストレスとなると、得られるプラスより失うマイナスの方が大きくなるかもしれない。なんでもすぐ医者に診てもらうというのが、かならずしも最善ではないというのは、たんなる逆説ではない。

かつての農村などでは、生涯、一度も医者にかかったことのない人がいくらでもいた。生来、頑健でなくとも、医師の診察を受けるのは、よくよくのことだった。

生命保険に加入するとなって、生まれてはじめての健康診断を受ける人がすくなくなかった。そして、思ってもみない病気が見つかり、保険に入ることができなくなる例がしばしば見られた。

これまで健康体とばかり思っていたのが、保険にも入れてもらえないような病気があるといわれれば、だれだってショックを受ける。ことに神経のこまかい人なら病人のようになる。保険には入れないし、ただ、病気だけ見つけてもらって、とこぼしていて、本当の病人になる。再起不能となるものが、ときどきあらわれて、保険はよくないという偏見を広めることになった。

保険がよくないのではない。検査が病気を見つけるのも、もちろん悪くはない。それを受けとる人間にストレスを生じさせるところがいけない。そういう人には、知らぬが仏、よけいなことは知らないに限る。

九州のある大病院の総婦長をしている人が、あるとき患者のための看護についてアドバイスを話したことがある。

この婦長は、重い病人に対して、医師が禁じている好物などを口にすることに見て見ぬふりをした。好きなものを食べないことで得られる良い効果よりも、がまんしていて、生ずるストレスの害の方がはるかに大きい場合がすくなくないことを経験で知ったからだという。

若いうちは別だが、六十歳、六十五歳になるまで好きであったものを、急にやめるのは、よろしくない。本当にいけないものだったら、それまでに害があらわれているはず。それがなんともなかったのなら、いまさら急にやめてみたところで、とても病気を治すほどの効力はない。むしろ、抑えること、やめることで生ずる不満、ストレスの方がおそろしい——というのがこのベテラン・ナースの意見であった。医学的には異論もあるだろうが、かよわい心をもった人間にとって、おそろしい情報、医師のことばが、しばしば有毒有害なものになるということはあるだろう。

年をとったら、なるべくストレスを近づけないようにしないといけない。

*

かつての知人に小学校の校長がいた。組合運動のはげしい学校ばかりを振り当てられて、辛酸をなめた。早くやめたいと、残りの歳月をかぞえるような生活をしていた。

やっと念願がかなって、停年、退職。かねて建ててあった田舎の家で、毎日、好きな釣りを楽しむ自適の日々を送った。ところが、その幸福は二カ月しか続かなかった。釣り針を爪の間にさした傷がもとで破傷風にやられ、一晩のうちに亡くなってしまったのである。

何十年も釣りをしてきた人にしてみれば、仮に傷からバイ菌が入っても、張り切っているときなら、はね飛ばしてしまったにちがいないが、退職して、張りを失ってしまっていたこの人には、命とりになった。

その人の通夜で、年金関係の仕事をしている係りの人から元校長の年金受領年月が、平均三十ヵ月に満たないということをきいて、つよい印象を受けた。どんなにつらくても、苦しくても、仕事に忙殺されている間は、ちゃんと生きていられる。やっと暇になったとたん、病魔が襲ってくる。あわれである。


これは、ヨーロッパのある国の話。

社会学の研究者たちが、老人は、いつ死ぬかという調査をした。亡くなった人の誕生日を調べて、亡くなったのはその前か後か、というのである。

それによると、死亡率は誕生日の五十日前くらいから急に低下する。つま前よりもはるかに高い。

り、死ななくなる。誕生日で最低になる。当日に亡くなる例はほとんどない。もちろん誕生日前ところが誕生日がすぎると、また、死亡率が急上昇する。

誕生日前に亡くなる人がすくないのは、たのしい祝いの日を待つ心が、活力になっているのであろう。ところが、お祭りのようなたのしい日がすぎれば、また、当分は、黄昏のような日々がつづくことになる。やれやれ、と思うと、急に活力が抜ける。それを見はからうように、死神が、〝そろそろ参ろうか〟と近づくというわけになるのか。

人間は、目指すものがなければ弱くなる。なにか楽しいことを期待できないと、生命力を支えることが難しくなるらしい。

楽しみのあとが危ない。

ストレスがおそろしい。

いつも、行く手に、なにか明るい希望、楽しみのあるのが、老年の幸福の条件である。

子どもに「苦労」を教える

西郷隆盛に「児孫のために美田を買わず」という有名なことばがある。こどものために、無理をして財産を残そうなどとはしない決意を示したもので、潔さが心を打つ。

長い間、これをただ、子孫のために心をわずらわせないという自分だけの思い切りのいい生き方をのべたことばのように思っていた。

年をとってきて、そんなことではない、と気づくようになる。

親がえらいと、子はいろいろなことで恵まれることになる。よい教育を受けられる。実力以上に評価されやすく、ちやほやされる。子にはそれが親の残した美田のせいであることがよくわからない。自分もえらいのだと勘ちがいし、苦労もすくなく、人間としての鍛錬に欠けて、甘い人間になっていく。もちろん、それに気づかないが、出来のわるい二代目は、いつも、親と比べられてつらい思いをしなくてはならない。

三代目になると、もういけない。美田の力くらいでは、人生をきり抜けることはできない。しかし、美田があるから、真剣に生きることを学ぶことが難しい。苦労しらずで、ちょっとした風が吹けば、すぐ転倒、いったんころんだら最後、自力で立ち上がる力がない。そのままになる。

口さがない世間は、それをおもしろがって、「売り家と唐様（からよう）で書く三代目」と茶化した。落魄しても売るべき〝美田〟があるから恵まれていると考える人はない。売るべき美田がなければ、落ちぶれたりはしないのである。

子故に迷う親心である。いくら賢い人でもやはり、子孫のためには、できれば美田を残してやりたいと考えるのは人情であろう。西郷はその人情を超越することによって、大人物であることを証明した。

N氏は、戦後日本を代表する大企業を一代で築き上げた立志伝中の人であった。世の中の動向を先取りして、新しいビジネスを創めて驚異的成功をおさめる。その目ざましさぶりは他の追随を許さない。

ところがN氏は普通の父親であった。美田を買ってはいけないことを知っていたかもしれないが、知らず知らずのうちに二代目づくりに血道をあげるようになっていた。

それが世間にも知れるようになったのは、会社が左前になってからだった。再建のため外部から優秀な最高幹部を招聘（しょうへい）したが、その新幹部が実績をあげて社内の人望を集めるようになると、N氏はその人を追い出してしまう。

そういうことを二度、三度とくりかえして、すっかり人望を失った。やがて裸の王様ならぬ裸の社長になり、ついには自らも社長の座を追われることになってしまった。

なまじ子がない方がよかったのである。子があって後継者にしないというのは、西郷級の非凡さである。普通は美田を買い、それを残すのがせいいっぱいの成功である。

その点で、H氏は傑出していた。やはり立志伝中の人物で、町の小さな工場を世界的大企業に育て上げた技術者である。

すぐれているのは技術と経営だけではなく、人間がわかっていた。そして、子に美田を残すことを自分で拒否したのである。息子を自分の会社に入れなかった。そして、このことがH社をN氏の会社とは逆に、いよいよ隆盛たらしめることになった。人はH氏の生き方に深い感銘を覚える。二代目をつくってはいけないのである。

私に美田を残すほどの力はない。しかし、すこしでも子のためになることをするというのだったら、何もできないということはない。しようと思えば、できることが、小さいながら、あれこれあるけれども、私はあえて、子離れをしようと努める。

学者として成功した人は、どうしても、自分の学問を子に継がせたくなる。

せっかくの蔵書など使い手がなくてはもったいないという理屈もつく。従順な子は、親のあとを継ぐ。

しかしうまく行っても、親の七光りと陰口をたたかれるのが関の山、へたをすれば、親のツラ汚しと悪くいわれる。どちらにしても損な役まわり。親のあとなど継ぐものではない。

戦前日本の大財閥のひとつM合名会社の大番頭として天下に令名をうたわれたI氏は、こどもたちに向かって、

「なんでも好きなことをしなさい。ただし親のあとを継ごうなどという考えはもたないでもらいたい」

といい放った。息子たちは、学者、芸術家としてそれぞれりっぱな仕事をした。これも、美田を買わずの精神であり、二代目をつくらぬつよい自制心のみごとな例である。

うちのこどもが、大学の専攻をきめるのに先立って、いちばん好きなことをすること、ただ親のしていることはいけない、ということを、何カ月もかけそ

れとなくわかるように匂わせた。こどもは、結局、親の望んでいた学問をすることになった。やはり、よけいな親心であったかもしれない、と後悔した。

人間は生まれて死ぬまでが、この世の存在である。一代限りである。次の代のことを考えるのは、親心だろうが、よけいである。益よりも害の方が大きい。自分が死ねば、すべては終わる。そのあとのことを考えるのは未練である。

むしろ、あとは野となれ、山となれ、という無責任な生き方の方が、親子ともに、よいのではないか。

美田を買いたがるのは、父親よりも母親であることが多い。女性の強くなった戦後、われ一代限りと覚悟しても、その決心をにぶらせるのが母親、つまり妻である。これをコントロールできない限り、二代目をつくらぬ一世一代主義の貫徹はおぼつかない。

美田を買わず、ときまれば、老後は悠々たるものである。自分で稼いだ金だ。ケチケチすることはない。気前よく使ってぜいたくをする。すきなことをする。これまで、金がかかるからというので、控えていることがあったら、それを存分にする。

商売をする人たちが老人を小バカにするのは、年寄りが、ロクなものを買わないからである。スタイリッシュ・エイジングの洗練を受けた人たちが、高価な買いものをするようになって見直された。テレビなどもシルバー・シニア向けのコマーシャルがふえたといわれる。アメリカの話だ。

美田を買わず、「わが生涯一代限り」という決意をかためたら、〝あるあいだは使いましょう〟という消費者になって、世の中の目をそばだてさせることができる。

美田を残してもらえなくなった子は、かならずしも不幸ではない。それどころか、むしろたいへんな宝をもらったようなものである。

くすんだ二代目であるより、輝いた初代として生きる方が、子にとっても、どれほど幸福であるか、わからない。

ホテル暮らしのすすめ

うちではほとんど仕事をしない。

午前十一時半ごろ、仕事の道具一式をもって、近くの図書館へ行く。そして午後一時半まで二時間、例の予定表によって、どうしてもしなければならないとしたことをする。たいてい、予定通りに終わることができる。

ひる休みは一時半から二時半まで、食事はうちでする。終わったらまた図書館へかえって、六時まで、三時間くらい、午前中とは別の仕事をする。

仕事というのは、書きものが中心である。予定した仕事がすんで、時間があると、書架から、内田百閒全集の一冊をもってきて読むことが多い。

図書館では、うちの書斎よりも仕事の能率がいい。たいてい、時間を忘れ、ときとして、われを忘れて没頭する。快感がある。図書館が好きだ。

うちにいると、電話がかかってくる。たいていセールスだが、それでも、じゃまになる。荷物の配達がある。書斎にいても、なんとなく気が散る。家のものが、入ってきて、ものをいう。知らん顔をしているわけにはいかない。

ある学者は、いったん書斎へ入ったら、どんなことがあっても、家人は部屋へ近づくことすら厳禁というきまりにしているそうだ。こちらにはとてもその真似はできないから、ひょこひょこ出ていって、相手をする。

図書館にいればいっさいなにもないのである。うちが火事になっても、しばらくは仕事を続けていられるだろう。

私はとうとう外国留学をしなかったが、明治から大正、昭和にかけて、おびただしい俊秀が留学した。

そして、イギリスへ行った人たちは、申し合わせたようにブリティッシュ・ミュージアムのリーディング・ルーム（閲覧室）に通って勉強した。

マルクスもブリティッシュ・ミュージアムで資本論を書いたのではなかったかと思う。通って勉強したのは確かである。若いころはそういう話をなにか気取りのように感じて、いやであった。

毎日、自分で図書館通いをしてみると、みんなが図書館で勉強や仕事をした気持ちがよくわかるようになる。

私の行く図書館は大英博物館とは比ぶべくもない。粗末なベニヤ板の大テーブルのまわりにスチールの椅子が並んでいる。そういうテーブルが五つある。満席になっても四十名くらい。

年輩者が多い。若い人も、食い入るように本をにらんでいる。もちろん、話し声ひとつきこえない。

大きな部屋に張りつめた空気が満ちているようである。つられてめいめいに緊張のある時間が流れるのである。区切りがつくと、老人は、しばらく館内を歩かなくてはならない。疲れる。

いちばんよいのは、終わって帰るときだ。

もってきた本、ノート、原稿用紙などを、大きな手提げ袋に入れてしまうと、立ったあとのテーブルの上には紙切れひとつ残っていない。忘れものなどあるわけがない。

さっぱり、せいせいする。うちにいては、決してこういう快感は味わえない。ガラクタの中で、仕事をはじめ、乱雑の中で仕事を終えるのである。

＊

私はもともと整理、掃除ということが下手である。ときどき、一大決心をして、書斎の机のまわりをきれいに片付けることもないではないが、二、三日すると、大混乱へもどってしまう。ほしいものがいつも雲がくれする。さがしているうちに、どうしてさがし始めたのかを忘れてしまう。

本はしょっちゅうさがしている。あるべきところがはっきりしていないのだから、出てくる見込みはまずない。あることはわかっていても、さがすのが面倒だから、買って来たこともあるが、このごろは図書館で間に合わす。図書館にないような本は見てやらない。

いつからこういう整頓下手になったのか、わからない。小学校のころは、校訓の中に整理整頓というのがあって、それを守って、まわりを片付けていたように思う。

それが、いつのまにか散らかし放題になってしまった。輸血で他人の血液を受け入れると、人間の性質が変わるというから、私に血液をくれた人がよほどダラシない人だったのではないか。まじめにそんなことも考える。

とにかく、身辺雑然とした暮らしを半世紀もつづけてきた。家中はガラクタの山である。地震がこわいから、家を建て替えようという意見が思い出したように家族から出るが、この乱雑をどうするかで、いつもおじゃんになる。これを片付けていたら命がもたない。

家を改造するより、このままでいた方がよい。しかし、いつまでもこれで行けるという自信もない。

そうかといって、老人ホームへ入るのは好ましくない。ぜいたくをいうのではなく、ホームはお年寄りばかりである。それに介護的で、人の世話になるのも、心苦しい。入ったことがないのに、老人ホームはなんとなく暗い感じで、図書館へ行くときのような軽い気持ちになれそうもない。

いや、金さえ出せば、ぜいたくな老人ホームがあるという人もあるが、ぜいたくがしたいのではなく、張りのある生活がしたい。老人ホームでは、それが難しいように思われる。

うちはダメ。老人ホームも行けない、となると、どうしたらいいのか。かねて、ひそかにそれで悩んでいた。

＊

幼稚園長をしていたとき、その幼稚園の何代か前の教頭だったという老婦人に紹介されたことがある。雑談していると老先生がいうのである。

「わたくし、ホテル住いをしておりますの」

「どうかなさったのですか」

「べつにどうもしませんが、ウチで家族の世話になりたくありませんし、老人ホームはきらいです。それでホテルに住んでいます」

「ご家族は？」

「反対しましてね。人聞きが悪いの、ひとりではさみしいだろうとか、病気になったら困るでしょう、とかいいましてね、でもわたくし、構わず、家を出てしまいました」

「出家なさったわけですね」

「そうね、信仰心はからっきしありませんけど……」

「立ち入ったことを伺いますが、経済的な問題はどうなんでしょう」

「それはその、まあ、なんとかなります。もちろん年金だけじゃ足りませんが、多少の蓄えもありますし、大長生きをしない限り、資金ショートにはならないと思っています」

この話をきいたのは私がまだ、六十にもなっていなかったときで、わが身にひきよせて考えるということはなかった。おもしろいおばあさんだな、頭もいい、と感心しただけだった。

だんだん年をとってきて、ついの住みかをどこにするかを、ぼんやりながらも、考えるようになって、ときどき、さきの老先生のことが頭をかすめるようになった。

そうだ、ホテルがある、ホテルがいい。

何より、しめっぽくない。年寄りくさくない。きれいで明るく、設備も申し分がない。

ありがたいことに、きれいに片付いている。整頓下手の人間には、カバンひとつでホテル住いというのは、たいへん魅力的である。いくら散らかしても、毎日、掃除をしてくれるから、心配ない。

泊まっている人は働き盛りの人か若い人である。そういう中に老人がまじって、よぼよぼしていては自他ともに迷惑である。背筋をしゃんとのばして、きちんとした服装をして、食堂へ下りていく。外見はともかく、内心はどんなもんだい、という誇りがある。老人ホームへ行けなかった人間のような顔はできない。

緊張する。みっともない真似はすまいと気を引き締める。それだけでも老い込むのを防ぐ効果があろう。すくなくとも妙な薬をのむよりはどれだけましかわからない。

老人はうちに引きこもってはいけない。とにかく外の空気を吸うのが心身のためによい。ホテルは一日中、〝外〟にいるようなもの。よくないはずがない。

問題はやはり、費用である。かねて、年をとっていちばん頼りになるものはカネであるという信念をもっている。老後を快適にすごすのに先立つものが心細い、というような無様なことにならないだけの用意はある。

心当りのホテルいくつかに当たって、予算をきいてみる。もっと、歓迎されるかと思ったが、ホテルはどこも、むしろ冷淡である。老人というので、万一のときが厄介だと警戒するのかもしれない。こちらの心づもりより、大分、費用もかさむが、それでも病院の上等な病室へ入るのとは比べものにならない。かりに病院が安くても、重い病気でないといれてくれないだろうし、死にかけて入院するのでは、老人ホーム以下である。

私は寒がりやで、毎冬、ひどい風邪になやまされる。それを予防するのにも、ホテルはうってつけである。

試験的に、来月あたりから、ホテルの短期滞在に入る。

そう考えるだけで、なんとなく心が軽くなり、ひょっとしたら年を忘れるのではないかと思ったりする。

有終——あとがきに代えて

マラソンのレースを見ていて不思議な興奮を覚えるのは、別に距離が長いからというだけではない。もちろん走る速さでもない。中間点を折返してからの苦しい力走に打たれるのである。そこからが勝負どころであるというのが、どこか人生の縮図のように思われる。

後半の追い込みが決定的であるところは、競馬はマラソン以上かもしれない。向う正面のあたりでは馬群にまぎれていた駿馬が第四コーナーを大きくふくらんで廻ると、最後の直線を矢のように駆け抜ける。馬ながらあっぱれである。最後の最後まで走ってみなくてはわからないのは人間も同じではないか。

自然も掉尾（ちょうび）のスパートを忘れることがない。ひとは春の花のひとときを賞で、われを忘れるけれども、花の命は短くて気がつけば青葉になっている。

秋になると早々に落葉が待ちうける。かつて花を誇った草木はおおむねあわれな枯葉にならなくてはならないが、花どきはどこにあったかというようなもみじ、かえでが燃えるような紅葉で秋を色どる。寒さのきびしいところほど色あざやかであるというのは、紅葉の示すモラルかもしれない。温暖の地では望めない円熟である。

白秋の花、紅葉には青春の花にない華麗さがある。心ある人間は、もみじにあやかって秋色を願う。

年老いたものが、めいめいの白秋を有終の美で飾りたいと考えても、あながち不遜ということはあるまい。

二〇一七年一月

外山滋比古

本作品は、展望社より二〇一二年五月に刊行された
『老楽力』を改題し、再編集して文庫化したものです。

外山滋比古（とやま・しげひこ）

1923-2020年。愛知県生まれ。英文学者、文学博士、評論家、エッセイスト。東京文理科大学卒業。「英語青年」編集長を経て、東京教育大学助教授、お茶の水女子大学教授、昭和女子大学教授などを歴任。専門の英文学をはじめ、日本語、教育、意味論などに関する評論やエッセイを執筆した。40年以上にわたり学生、ビジネスパーソンなどを中心に圧倒的な支持を得たベストセラー『思考の整理学』をはじめ、『乱読のセレンディピティ』（扶桑社）、『50代から始める知的生活術』（だいわ文庫）など著作は多数。

知的な老い方

著者　外山滋比古

©2017 Shigehiko Toyama Printed in Japan

二〇一七年二月一五日第一刷発行
二〇二五年五月二五日第一四刷発行

発行者　佐藤　靖
発行所　大和書房
東京都文京区関口一-三三-四　〒一一二-〇〇一四
電話　〇三-三二〇三-四五一一

フォーマットデザイン　鈴木成一デザイン室
本文デザイン　松好那名（matt's work）
本文イラスト　坂木浩子（ぽるか）
本文印刷　歩プロセス
カバー印刷　山一印刷
製本　ナショナル製本

ISBN978-4-479-30636-8
乱丁本・落丁本はお取り替えいたします。
http://www.daiwashobo.co.jp

だいわ文庫の好評既刊

*小林克己
青春18きっぷで楽しむおとなの鉄道旅行
特急では見られない日本があります。青春18きっぷの歴32年のプロが実際に行って確かめた安いのに楽しい全43コース！
650円 301-1 E

*小林克己
新幹線・特急乗り放題パスで楽しむ50歳からの鉄道旅行
人気沸騰中！「大人の休日倶楽部パス」をはじめ、おトクな乗り放題パスの使い方&旅のルートを大公開！冬の旅行のおともに！
680円 301-2 E

*小林克己
フルムーン夫婦グリーンパスで行く ちょっと贅沢なふたり旅
グリーン車乗り放題の、最強のおトクパスによる鉄道旅行！夫婦仲良く、ぜいたくなグリーン車の旅にご案内！
680円 301-3 E

*小林克己
私鉄・バス乗り放題きっぷで行く週末ぶらり鉄道旅
思い立ったらすぐ行ける！歴史やアート、グルメなど、乗り放題パスでプチ贅沢な週末旅！
680円 301-4 F

*武田櫂太郎
暦と日本人88の謎
誰が暦を作ったの？月の長さはなぜ違う？五節句にはどんな意味がある？日本古来のしきたりの目的は？暦の不思議を繙く本！
700円 272-2 E

*武田櫂太郎
誰かに話したくなる！「和食と日本人」おもしろ雑学
江戸時代、一流料亭のお茶漬けはいくらだった？握り寿司はいつから高級になった？知るほどに面白い日本の食の蘊蓄を満載。
700円 272-3 E

*印は書き下ろし

表示価格はすべて本体価格（税別）です。本体価格は変更することがあります。

だいわ文庫の好評既刊

＊保坂隆
精神科医が教える40歳からの人生を後悔しない習慣術
年を重ねるごとに「若々しい」とうらやましがられる人の共通点がここにある！　40歳からの人生を思いきり楽しむ秘訣が満載。
743円
178-3 D

＊保坂隆
精神科医が教える平穏な「老い支度」
ひとり老後でも、夫婦ふたりでも気ままに満喫！　幸せな年齢の重ね方。人生の後半戦、心から満足する人生がやってくる秘訣満載！
630円
178-4 B

＊保坂隆
精神科医が教える50歳からの人生、幸せ上手になる方法
老後は人生で一番輝くとき！自由な時間を満喫する「センスのいい生き方」をしている人の共通点とは。幸せ上手になる秘訣が満載！
600円
178-5 B

＊保坂隆
精神科医が教える50歳からのお金がなくても平気な老後術
お金で悩まない人は、低く暮らし、高く思う。人と比べず、不要なものは持たず、でも時には贅沢に。50歳からの人生の質を高める秘訣。
650円
178-6 B

＊石黒拡親
2時間でおさらいできる日本史
年代暗記なんかいらない！　中学生から大人まで、一気に読んで日本史の流れがざっくり掴める、読むだけ日本史講義、本日開講！
648円
183-1 H

＊石黒拡親
2時間でおさらいできる日本史〈近・現代史篇〉
激動の幕末以降をイッキ読み！　受験生もビジネスマンも感動必至！　読み始めたら止まらない美味しいトコ取りの面白日本史講義！
650円
183-2 H

＊印は書き下ろし

表示価格はすべて本体価格（税別）です。本体価格は変更することがあります。